えふりこぎ

仙道　富士郎

はしがき ―「えふりこぎ」解題など―

この本の表題「えふりこぎ」の説明から始めなければなるまい。「えふりこぎ」と言われても、大方の人にとっては意味不明な言葉でしかない筈。これは、秋田の方言で、分解してみると、「え」＝「良い」、「ふり」＝「格好」、「こぎ」＝「こく（する）の名詞形（する人）」、全体として、「良い格好をする人」となる。

私は秋田県人なので、秋田弁の発音の微妙なニュアンスが分かるが、「え」は正確には「え」と「い」の中間で、若干「えー」と伸ばし、「こぎ」は「こき」に近い。いずれも文字として表記するのは難しい。もっと皆に了解してもらえる言葉で言えば、関西弁で「いい格好しい」となり、人前で自分を格好良く見せようと見栄を張る人のことであり、少し蔑称的な意味合いを持っている。

長いこと学者稼業をやってきた人間として、詮索好きである。ネットで調べてみたところ、色々な「えふりこぎ」にたどり着いた。

まず、「いいふりこきのがんべたかり」という北海道の方言に強烈なパンチを食らった。私は都合十五年間札幌市に居住していたのだが、この言葉は知らなかった。「いいふりこき」は「えふりこぎ」の変形で、同義語である。「がんべたかり」に関しては、北海道方言辞典によれば、下北（青森県の一地方）の方言で、「がんべ」は頭部にできた皮膚のかぶれであり、「がんべたかり」とは、かぶれが広がって、ひどくなった状態を揶揄した言い方とある。つまり、「いいふりこきのがんべたかり」とは、「恰好を付けて見栄を張っても、頭皮はかぶれが広がり、みっともない事限りなしではないか（仙道意訳）」と羨望の裏返しの蔑視表現となる。下北地方は本州の最北端に位置するので、旧来、北海道との往来が多く、言葉も海を渡っていったものであろう。それにしても、何と荒っぽい、強烈な表現である事か。

一方、秋田県出身の女優、佐々木希は、「えふりこぎ」について、「相手に気を遣わせることなく、喜んでもらうために頑張る」という意味があると言っている。彼女のこの発言に、秋田県人と思われる人たちからネットで、「現地ではあからさまに虚勢を張る人への侮蔑的な表現で、大多数の地元民はこの言葉をポジティブな状態を示すものとしては捉えていない」と、佐々木希に反論する発言が多くあった。確かに、秋田で「えふりこぎ」は人を誉める時に使う言葉ではないが、秋田県人が、自分をも含めた形で「秋田県人はえふりこぎだから」と言う時、この言葉を全否定的に使っているわけではなく、「秋田県人って格好つけたがるんだよね」と、ややや秋田県人を持ち上げるニュアンスで使っているような気がする。江戸時代、秋田では外様の佐竹家が大名をしていたが、殿様が秋田に長く居たこともあり、民政が安定していたと言われている。そんな事から、人々が「恰好をつける」余裕もあったようである。「宵越しの銭は持たない」という言葉は江戸っ子の気質を示す言葉であるが、それは秋田県人にも当てはまるのだという話を何人かの秋田県人から聞いた記憶がある。

私の生き方としての「えふりこぎ」は、佐々木希の「えふりこぎ」の定義ほど高潔なものでは勿論あり得ないが、「えふりこぎのがんべたかり」と侮蔑されるのは辛過ぎるなどと、自分の生きてきた道を今振り返っている。

ちなみに、本書は、児童養護施設「光の子どもの家」の広報誌『光の子』に二〇〇七年～二〇二二年に連載した原稿に加筆したものである。が、この十五年間の想いを色分けするために、章立てをしてみた。

「荒ぶる地球でいま生きる」コロナが蔓延し、ウクライナ戦争の行方が定かでない今現在、自分は何を考えながら生きているのかを示した。この間、進行胃がんが見つかり、胃全摘術を受けたが、術後の化学療法は辛かった。

「遥かなる南米の国パラグアイに想いを寄せて」二〇〇七年、山形大学学長を辞した時、長い事、交流のあった南米の国パラグアイに国際協力機構（ＪＩＣＡ）海外協力隊シニアボランティアとして、二年間滞在した。色々な失敗を繰り返しながら、かの国の人たちと心を通わせた想いは深い。

「インターネットに迷い込んで」　私は新しものがり屋である。この十五年、どっぷりとインターネットの世界に浸った。ＩＴ礼賛者の私は、今、悪知恵の限りを尽くしたＩＴの悪用に、呆れかえっている。

「想いは巡りて」　パラグアイのシニアボランティアの仕事を終えて帰国した一時期、ゆったりとものを想う機会を得て、時代の流れに目を凝らした。

「老いと付き合う」　老人介護の仕事に拾ってもらった私は、自分の老いを見つめながら、今、看取りなど老人介護の仕事に一生懸命取り組んでいる。

二〇二三年一月

目次

遥かなる南米の国パラグアイに想いを寄せて

インターネットに迷い込んで

想いは巡りて……151

老いと付き合う

荒ぶる地球でいま生きる

人間この愚かなるもの

この号で、ロシアのウクライナ侵攻について書く事は、早くから心に決めていた。ただ、ある程度戦況を見極めてからという想いも重なり、時が経った。しかし、考えてみると、私が言おうとしている事は、戦争の結果についてあれこれ言い立てる事ではなく、こんな事が、今の世に起こってしまった事に対する悲嘆なので、戦況などには関係のない事だったのである。

ロシアとウクライナの長い、因縁のある歴史的な関係を知らずに、ウクライナ侵攻をとやかく言うのは間違っていると言う人たちがいる。今回の事を歴史学的に論評しようとすれば、その通りであろう。ロシアのやり方の非人道性を挙げる米国にしてからが、我が国を降伏に追い込むための最後の手段として広島と長崎に原爆を投下し、東京への無差別攻撃を行った訳だし、我が国の中国での民間人虐殺も黙視できるものではなかった筈である。これらの事柄と今回のロシアの取った行動の間に、倫理性の上で、本質的な差異は認められまい。まさに、歴史は繰り返すのである。

しかし、しかしである。五千万人以上の人間が殺戮された第二次世界大戦を経て、もうこのような事を繰り返さないと、人間たちは誓い合ったのではなかったのか。もちろん、第二次世界大戦の後にも、朝鮮戦争あり、ベトナム戦争ありで、戦争による殺戮は繰り返されてきた訳だが、若者たちを中心に反戦運動も盛んになり、戦争の名の下に、生命を奪う事の愚かさを少しは人間も理解するようになったと合点していたのだが――。

今回のなりゆきでさらに気が重いのは、プーチンの独裁政治が一定程度ロシアの人たちの支持を受けていることである。やはり、二十年以上一人の政治家が国の中心に居座り続けると、その周りにいびつな人の繋がりが生まれ、それが基礎となって、人々の心理が一定方向に操作されていくようである。

中国にも同じような危険性が感じられてならない。学生時代、社会主義社会から共産主義社会への道を夢見た一人として、社会主義と呼ばれた時代を経たロシア、そして今、社会主義と称している中国の政治が、明らかに独裁政治への道を進んでいくのを見ているのは辛い事ではある。構造的に貧富の差を作り出す資本主義社会がそれほど良いとも思わないが、AIが人間の行動のかなりの部分を模倣できるようになった今の世において、国益のためという大義を掲げて民間人を大量虐殺する独裁者をどんな言葉で表現したらいいのか。

まさに、「人間この愚かなるもの」である。そして、この愚かなるものの一人として、自分を標的にしなければならない事を、最近感じさせられた。事は、新型コロナウイルス対応の中で起きた。何十年も前に研究していた細胞が、新型コロナウイルスの重症化に関与していると直感し、若手の研究者に話を持ち掛けたが、その呼び掛けは結果的には失敗に終わってしまった。がん手術を受けた直後の朦朧とした意識の中で、「それなら、自分の考えを専門誌の中で示して、世界の研究者に問うてやろうじゃないか」と考え、論文に手を付け始めた。退役して時間の経つ自分では論文の投稿などについては術《すべ》を持たないので、その事については、弟子筋の二人にお願いした。私の論文が、ほぼ終わりかけた時、私は論文制作上の大きなミスを犯してしまった。弟子の一人が「先生、こんなやり方では駄目じゃないですか！」とメールを寄こした。プライドを傷つけられたと思った私は、罵詈雑言のメールを返した。「弟子にそんな事を言われてたまるものか、もういい。もうお前などとは付き合わない」。弟子から返ってきたメールには「そんなに怒らないで、頑張りましょう。先生が病気療養中、頑張っていたのは、よく分かっています。だから、より立派なものにしたかったのです」とあった。

世界がどうのこうのと大きな事など言えない愚かな自分であることを認めざるを得ない。

（二〇二一年五月）

宇宙を知る、小さき、小さき者たちよ

ロシアとウクライナの戦争は先が見えない。新型コロナウイルスは私が当初考えていたよりも数段手ごわいウイルスであるらしい。米国では子供たちが銃の乱射で撃ち殺されている。今、地球は荒ぶる状態としか言いようがない。

人間集団は、いつの時代から戦争の名の下に行われる大量人間殺戮の理《ことわり》を謳ってきたのか、その詳細は定かではないが、古代にも戦争はあった訳で、戦争は人間という種が抱えている暗い特性の一つになってしまっている。

人間の生は多くの植物や動物の犠牲の上に成立している訳で、殺戮行為は人間の業《ごう》とも言えよう。この事からして、人間の倫理性の根本には不可避の矛盾が存在しているのだが、ここでは、その事実を一旦捨象した上で話を進めるとして、人間が人間を殺す事（殺人）は、古来、非倫理的な行為として罰せられてきた。しかし、戦闘行為における兵士同士の殺傷は、種々の条件は課されているものの、国際法の上では合法化されている。そうしなければ、戦争を引き起こそうとする試みの合理性は成立し得ないから、戦闘行為の合法化という国際法が生まれたのであろう。

しかし、一歩下がって考えてみれば、人間の命が、時と場合によって、絶対守られなければならないものだったり、奪われても罰せられなかったりするのは、論理矛盾である。だから、何度も、何度も、戦争の非倫理性が叫ばれ、反戦のうねりとなるのだが、人間は総体として戦争を止めることが出来ていない。実に情けない話である。他人事としてそう言うのではなく、人間種の一個体としての自分に向けなければならない言葉である。

ただ、以上触れてきた問題点の地平から論じても、明るい光は一向に見えてこないようにも思う。ここは、レンズの拡大を無限にして、全く異なった世界からの視座が必要なのだ。そうして、私の心に浮かんだのは、宇宙である。「仙道はとうとう認知症になってしまったか」と思わないでほしい。今回の拙文のタイトル、「宇宙を知る、小さき、小さき者たちよ」に行き着くのである。

宇宙には始まりがあり、それは一三八億年前の事である事、誕生以来、宇宙は拡大し続けている事などの宇宙物語が空想の世界ではなく、数学に基礎を置いた宇宙物理学によって実証されつつある事を知った時、自分がこの地球で生きている事の意味をズシリと重く感じるようになった事を記憶している。さらに、宇宙はこの宇宙の他にも存在しているという multiverse（多元宇宙）の理論に立てば、人間のような知的機能を備えた存在が人間の他に宇宙には存在していないという確率は極めて小さく、宇宙（人）は他にもいるらしいという物語はなぜか心を明るくしてくれる。

一方で、宇宙論のもう一つの大事な論点は、宇宙の自己認識機構として人間が存在している事である。人間という種が宇宙に誕生し、その知能が現在の宇宙物理学樹立まで進化して来なければ、宇宙は自己認識を持つには至らなかった訳で、人間は小さき、小さき者たちではあるが、宇宙の中で特異な位置に置かれている事も忘れてはならないだろう。

ボイジャー1号が、太陽よりも遠い位置から撮影した地球の映像は、〇・一二ピクセルの小さな点でしかなく、このプロジェクトに関わったカール・セーガンは、それをPale Blue Dot（淡く青い点）と呼んだ。彼は、その著書の中で、我々の住むこの地球が淡い星屑でしかない事を実感する時、うぬぼれや自己顕示欲が打ち砕かれ、もっと他に優しくする事を促されると記している。そこには宇宙に中心軸を置いた視座が認められる。私たちも一度空っぽになって宇宙に想いを馳せてみようではないか。

今、荒ぶる地球の中で生きる時に、セーガン博士の問い掛けに耳を傾けてほしい（セーガン博士「ペイル・ブルードット」はYouTubeで視聴することができる）。

（二〇二一年八月）

いとも乱雑な書斎、妻にいつも指摘されている無頓着な服装、パソコンに保存した書類の迷走等々、多くの様態から、だらしない人間であると自認はしているのだが、妙に几帳面なところもあり、原稿の締め切りは遅れた事がなく、締め切り二十日くらい前までには投稿を済ませてきた。

新型コロナウイルス蔓延のただ中で

しかし、今回は事情が違う。書こうとしても、構想が一向にまとまらなかった。と言えば聞こえはいいが、秘かに窺っていた原稿を書き始めるチャンスを見失ってしまったというところが正直な話か。「チャンス」とは何か？　我が国の新型コロナウイルス感染（以下コロナ感染）対策が上首尾に展開されて、コロナ感染者の発生が減少し始める機会を狙って原稿を書き始め、我が国の対策の素晴らしさを示したかったのである。

現状からすれば、「何をふざけた事を」と宣《のたま》う方が多いかもしれない。今日（二〇二〇年四月六日）の新聞報道では、東京都の一日の感染者は一四一人で、ここ一週間ぐらいは、うなぎ登りで、今日明日中にも「緊急事態宣言」が安倍首相から発表されようとしているのである。

ただ、外国人を驚嘆させる街の清潔さや順番待ちの行儀の良さなどの日本人の特質から考えても、世界のコロナ感染対策の中で、日本の対策は独特なものになるに違いないという想いは今でも残り続けている。

実は、最初は今回のコロナ感染を甘く見ていた。インフルエンザに似たものでないか、何をそんなに騒ぐのかと。しかし、事態が進んでくると、その考えは間違いであることが明らかになってきた。インフルエンザは子供も倒すが、コロナ感染は子供は倒さず、主に老人や基礎疾患を持つ人たちを死に追いやる。重症化するまでの時間もやけに短い。一方、感染しても無症状の人も多いと聞く。

免疫学的に考えれば、新型コロナウイルスは、すでに人間と仲良しになってしまっているのではないか。だから、基本的には、このウイルスは強い病変は起こさない。ただ、老人や基礎疾患を持っている人たちは、免疫学的異常に陥っていて、ウイルスとの対応関係にほころびが出来ているために異常反応としての病変を起こすのだと考えると、理屈が通る。

いずれにしても、人間が幅を利かせて、自然界の他の動物たちに近づいていき過ぎるからこんな事になるのだという想いが募る。新型コロナウイルスは、コウモリの体を借りて、コウモリに何ら害を与えることなく、自己増殖を繰り返していたのだ。その両者の関係に人間が割り込んでいってトラブルを巻き起こしているというのが、実際のところである。方向を変えて考えてみれば、コロナ感染は一つの環境問題であるともいえる。

現在の大変困った状況の中でも、人間の生業の素晴らしさを見せられることもある。今回の流行発生と同時に、多くの研究者が、世界各地で新型コロナウイルスを分離し、遺伝子を解析して、ネットを通じてその配列を誰でもアプローチできる形で公にするシステムを立ち上げた。その各々の遺伝子配列の違いを解析することにより、ウイルスが世界に伝搬していった様子をグラフ化しているデータに出合った（註）。

そこには、「公に共有されている一四九五種のゲノムを分析、相互に比較することにより、COVID-19が世界中をどのように移動したか、局所的にどのように拡散したかを特徴付けることができた」と書かれ、「私たちにできる事」として、「社会的な距離を保つ事を厳格に実践してください」「良く手を洗って下さい」「（特に体調が悪い場合には）できるだけ家にいましょう」などこの研究から導き出された提案が示されている。多くの科学者の協同によって得られた結論に基づくものだけに、力がある。

この科学者たちの生業を見ると、人間は確実に賢くなってきたと実感させられる。このような知恵を結集させて、コロナ問題を解決していく日が近いことを願っている。

（二〇二〇年五月）

（註）https://nextstrain.org/narratives/ncov/sit-rep/ja/2020-03-27

付記　この本をまとめている現在（二〇二二年九月）から見れば、原稿を執筆した時（二〇二〇年四月）の東京都のコロナ感染者数は比べものにならないくらい少ない。しかし、この状態で、緊急事態宣言が出されていたことを何と見るか？

新型コロナウイルス感染に取り込まれてしまった元研究者の話を聞いてください

前項の新型コロナウイルスの話を執筆したのが、二〇二〇年四月初旬である。あの時から約二カ月が経った。この間、新型コロナは、明らかに地球規模で世界を揺るがし始めている。従来、ヒトに感染して病変を起こすコロナウイルスは六種類知られていた。そのうち四種類のコロナウイルスはいわゆる風邪症候群を起こすウイルスで、ヒトに対してほとんど致死的な影響は及ぼさない。二〇〇二年に中国で初発した、致死率約十％のSARS、二〇一二年に中東で初発した、致死率約三十五％のMERSがそれに加わって六種類となる。SARSとMERSの致死率は非常に高いが、感染したヒトはほとんど全て激しい症状を起こすので、更なる広がりを食い止めるためには、症状を起こした人を標的にすれば事足りるということもあり、今回のような世界的に爆発的な蔓延には至らなかった。具体的には、SARSは全世界で約八〇〇〇人に感染した中で七七五人が死亡し、MERSは約二五〇〇人に感染し、八五八人が死亡した。

ところが、二〇二〇年五月三十日現在で全世界の新型コロナ感染者数は、五五八万八千人であり、死者数は、三六万二千人で、桁違いである。ヒトに感染する七番目のコロナウイルスである新型コロナウイルスはそんなに凶暴なウイルスなのか。そうではない。事実、前記の全世界の感染状況から、現時点での新型コロナの致死率はSARS、MERSよりも低い六%と計算される。しかも、このウイルス感染の診断は難しく、現在報告されている感染者数の十〜二十倍のヒトが感染していると言われている。事実上のヒトの致死率は一%以下になる。そんなに凶暴ではないのである。

どういうことか？　賢明な読者諸氏が前記の事実から推定されたように、新型コロナ感染では、多くの感染者（現在では八十%と推定されている）は感染しても、重症化する事なく、無症状のままかあるいは風邪症状だけで治癒してしまうのである（以下、無症状感染者）。問題なのは、この無症状感染者の中には、治る前にウイルスを他人にうつしてしまうヒトが少なからずいるという事実である。ある研究では全感染の中で、七十五%はこの無症状者からの感染だと推定されている。

上記の状況から、二つの社会心理学的な現象が起こる事は、想像に難くない。

第一に、たとえ一%以下といえども、新型コロナに感染すると、死んでしまうかもしれないという恐怖感を引き起こす。第二に、無症状感染者が周囲にいるかもしれないという疑心暗鬼の心も引き起こされる。しかも、新型コロナ蔓延によって、世界的に経済状況が破壊されてしまい、多くの人たちは失職の恐怖に慄《おのの》かなければならない状況に追い込まれている。

以上の話は、何かコロナウイルスの専門家ぶった語り口に聞こえるかもしれないが、私は専門家などではない。ただ、この二カ月間、必死に勉強した事を、皆さんにお伝えしようとしているだけである。

私には、世の中に何か異常事態が起こった時にすぐ反応してしまう癖がある。今回も、一種の興奮状態に陥り、突如、新型コロナの猛勉強を始めた。四月末からの連休はほぼ毎日、パソコンに向かって新型コロナの情報を拾い、コピー機で複写して何回も読み込んだ。

ややあって、自分のしている事の意味付けをしたくなった。この異常な状態からの脱出を試みるための役割は世界中の全ての成人に付託されていると思う。退役してしまった医学研究者とはいえ、何かお役に立てる事が出来るのではないか。幸いにも新型コロナ感染症の重症化機構には、私の専門である免疫が絡んでいるようである。しかも、重症化の末に感染者を死に至らしめる最後の引き金は、私の研究生活の最後に研究対象であった好中球という名の細胞が関係している事は、間違いないようである。この好中球を何とかしておとなしくさせて、新型コロナウイルスに致死的な感染の引き金となることを思いとどまらせる道はないのか、想いはグルグル回って留まることを知らない。


（二〇二〇年七月）

コロナに揺れる心

東京都の新型コロナウイルス感染者数の発表に一喜一憂している自分を見て、「そんなに気にしてもどうしようもないのに」とつぶやきながら毎日を過ごしていることに呆れかえってはいるが、それだけではない。

さる農村の一家の事である。息子が東京から一時帰宅し、コロナウイルスを持ち込んだらしい。年老いた父親が感染し、重症化して入院した。ここまではよく聞く話である。ところが、「何という事をしてくれたのだ」と、周囲の人たちは、その家に石を投げつける事までしたという。一家はまさに石持て追わるるが如くに、その土地を離れていったという（註）。

ここで話は終わっていない。移り住んだ先で、入院した方の奥さんは自殺してしまった。ややあって入院した方は新型コロナで亡くなった。

私は、前項、その前の項で、新型コロナに対する我が国の人たちの行動を褒めたたえた。しかし、事の実態はこのような事件まで起こしていた事を知って、自分の至らなさを悔いている。

今、示した例は特殊なものではないと気付きもした。

前にも書いたような記憶がうっすらと残っているのだが、あえてここで繰り返す。

「ゆい（結）」という言葉があり、それは「農村社会の古くからある慣行で、田植えなどを協同で行う組織で、人の結び付きの強さの上に成り立っている」とされている。東日本大震災のボランティア組織などで、目指すべき目標として「ゆい」という言葉を使っていた人を見た事がある。しかし、その「ゆい」の捉え方は、「ゆい」の一面性しか見ていないように思う。その裏には水利権などを基礎にした、強固な縛りがあり、それを守らない家は「村八分」にされて追い出されたのである。

前述の事件はそれを地で行ったと見ることも出来よう。「そんな田舎の事など知るか」と都会に住む人は思うかもしれないが、そうではないと思う。「同調圧力」に対する反応が、今回のコロナ騒ぎにおける我が国の人たちの行動の基本になっていると考えられ、それは遠く「ゆい」の心に求められるような気がしてならないのである。

我が国の色々な組織の新型コロナに対する基本的な対応を見ていると、「一番目にはなりたくない」という心が透けて見える。大学がウエブ講義ばかりしているので、文部科学大臣が苦言を呈していたが、要は、自分たちの大学の構内で、大学最初のコロナ感染者を出したくないという事ではないのか。

テレビ番組で、さる有名な元世界チャンピオンのボクサーが言っていた言葉が耳に残っている。「自分が、コロナなどに罹ったら、何と言われるか」。自分の体が愛おしいからでも、他人にうつしたら悪いからでもない。要するに世間に指さされて、芸能界から追い出されるのが恐ろしいのである。この元ボクサーの事を侮ることなど誰にもできないのではないか。

新型コロナに対するマスク着用の効果が世界的に認められるようになり、WHOなどもそれを推奨するようになった。日本人のマスク着用の奇妙さをあざ笑っていた欧米人もマスクを着用しされるようになった。学術雑誌でもマスク着用の新型コロナウイルス感染予防効果が実証始めた。これはこれで素晴らしい事である。しかし、自分の事を振り返ってみると、「他人にコロナをうつす」のが怖いからマスクをするという心理よりも、「アッ、あの人マスクしていない」と指さされることが怖いのである。事実、新型コロナ感染者が最近ほとんど発生していない山形で、外出する時にまでマスクをして歩かなければならない理由はあまり見当たらない（もっとも、私の勤めている免疫力の弱った九十歳を過ぎた人たちが多く入所している老健施設の中では、万が一にも感染が起こってはならないので、施設内のマスク着用は必須ではあるが）。

いずれにしても、我が国の人々の新型コロナ対応は、新型コロナを広げない事は世界の人々の幸せのために大切な事であるという「公共性」から生み出されたというよりは、世間の非難から身を守るという自分を利する心が強いのではないか、と言ったら言い過ぎだろうか。私の心はやはり晴れないのである。

（二〇二〇年九月）

（註）この情報の出所は不明で、伝聞なのだが、後に作り話だとの情報も目にした。私が先走って、物語にしてしまった可能性も否定できない。

COVID-19を正しく恐れる

前項で、我が国の人々の新型コロナ対応の様を嘆いた。しかし、私は最近、嘆いてばかりいる訳にもいかなくなってきた。日本集中治療医学会東北支部学術集会の講演を依頼され、最初は五十年前に出合ったNK細胞の発見に至る思い出話でもしようかと思っていたが、まさに前線でコロナに対応している人たちの前で、呑気そうにNK細胞の話はできないだろう。

懸命に勉強して、新型コロナの事を語った。資料を集めている中で、目的とする新型コロナと免疫の関係に関する文献の他に、免疫とは関係ないコロナに関する世界中のニュースにも接した。一方、我が国に目を転じてみると、新型コロナウイルス恐怖症が広がっていくばかりである。ここは、嘆いている暇などなく、これまで得た情報を基にして、COVID-19に関する正しい知識を私なりに皆の前に示していくのが、与えられた務めではないのかと思うようになった。

今、突如COVID-19と書いた。以後、「新型コロナウイルス感染症」という言葉は使わない。実は、SARSの時も厚生省は当初、「新型コロナウイルス」という言葉を使っていた事を知ったが故のことである。新型コロナウイルスが幾つもあっておかしい。正式にはCoronavirus Disease–19という(略してCOVID-19)。

恐怖症の由って来る理由は、無知にあると見た。さる有名な芸能人は、スーパーマーケットで買い求めた野菜はコロナが怖いから消毒してから冷蔵庫に入れると真顔で言っていた。学校の机や椅子、電車の全車両内部等々が消毒されている様が報道されるのを見れば、物を介した間接的な接触感染について、彼の人がそのような行動を取っても責められまい。しかし、最近の研究によって、接触感染はCOVID-19の主たる感染様式でない事が明らかにされている。また、COVID-19を引き起こすウイルスのSARS-CoV-2とウイルスの構造が似ているインフルエンザウイルスの話ではあるが、ウイルスはヒトの手の上では、五分で不活化されるという。やはり、感覚的な対処法に頼っていたのでは、この先持たないと思う。ここは、COVID-19、そしてその起因ウイルスであるSARS-CoV-2についての知見を多くの人たちが共有し、それに基づいた科学的な対処法を展開していく他に道はないと見る。

最近、感染者の咳、くしゃみ、大声などで排出される二メートル以内に落下する大きな水滴の中に含まれるウイルスによる飛沫感染の他に、もっと小さな水滴がより遠くに飛んで行って起こるエアロゾール感染がCOVID-19で重要であることが、感染様式を専門とする学者たちによって提唱され、飛沫感染と接触感染が感染様式の主体であるとするWHOやCDCとやり合っている。コーラス練習中や小さい劇場のクラスター感染などの多くの例から考えて、エアロゾール感染が重要である事は間違いない。しかし、しかしである。「ウイルスがフワフワ浮いて漂っていて、こんな危険な事は無いのではないか」と多くの人たちが考えるようになる事を想定すると、待ってくれと言わねばなるまい。エアロゾール感染は一定の条件下で起こるのであって、常態としてエアロゾール感染によってウイルスがフワフワと広がっていっているのではない。

ここが重要なポイントである。COVID-19発生の実態を総括的に把握する必要があるのである。そのためには、起因ウイルスの性質、感染様態の全体像、社会的な対応の実態等々、COVID-19感染の多くの規定因子に関する知見を相乗的に組み上げていく事が求められているのである。しかも、それは、専門家がウイルスと病気の事を知れば事足りる事ではなくて、私たち一人ひとりが理解し、合点していくのでなければ、風邪コロナウイルスとSARS、MERSの起因ウイルスの性質を併せ持つ、狡猾とも映るCOVID-19と上首尾に付き合っていく事はできないのではないかと思う。

（二〇二〇年十二月）

無胃人の弁（一）　その導入口

「無胃人」という言葉はない。私の造語である。定義は「胃がんの手術で胃全摘手術を受け、胃を失ってしまった人間」である。干支のウシは四室の胃を持っているから、無胃人はウシをうらやんでいるかも。

事は二〇二〇年十月末に起こった。勤務している老健施設の集団検診で「二回の便潜血反応の一回分が（＋）なので、大腸ファイバーを受診するように」との検査結果が出た。「いい加減だなあ」と即座に思った。話を進めるためには白状しなければなるまい。集団検診を受けた方ならご存じの筈だが、便潜血反応は、二日にわたって採取した二回分の便を対象として検査が行われる。私は「ズル」をしたのである。尾籠な話で恐縮であるが、私は一回の便の同じ箇所から二個取って二回分として提出したのである。だから、二つのサンプルのうち一方だけが（＋）になる筈はないのだ。「しかし、大腸ファイバーを受けないと検査センターから催促が来る。うるさいから、受けるか」

医学部にいた時、医学博士の論文を指導した医師が開業しているので、そこで大腸ファイバー検査を受けた。小さな直腸ポリープが見つかり、半年以内にポリープ切除を受けるようにとの事、傲慢な男は「面倒だなあ」と思った。何しろ大腸ファイバー実施前には、大量の下剤の入った液体の服用が必要であり、老人には一苦労であった。ポリープ切除の時も同じ事が必要だという。

そして、ここからが話の本筋なのだが、大腸ファイバーのついでに胃カメラ検査も受けることにした。というのも、さらに傲慢の二乗のような話なのだが、集団検査の胃バリュウム検査が嫌で、検査拒否をしていた。それなら、胃カメラ検査を受けなければならないのだが、忙しさにかまけて数年受けていなかったし、最近胃部の不快感もあった。

胃カメラは大腸ファイバーに比較して楽であったが、途中から、様子が変である事が分かった。臓器の局所から組織を採取して、病理学的に検査することをバイオプシーというが、細いワイヤーを胃カメラの中に挿入し、ワイヤーの先端に付いている鉗子で組織をつまんで取り出す。何回もワイヤーを入れる音がして、次に「オープン」「はい、噛んで」と執刀医が助手に声を掛けている。これまでも、胃カメラの際に、一、二個のバイオプシーを採取する事はあったが、こんなに何回もワイヤーの出入りする音を聞いたのは、初めてである。瞬時、「やばそー」と思った。案の定、胃カメラを終わると、主治医はスクリーンに内視鏡で撮影した胃の内部を見せながら、「悪性のものですよね」と言い、バイオプシーの結果が出たら、最終的な今後の治療方針を出すとの事だった。話を聞きながら、色々なことが脳裏をかすめた。「かなり、病変の範囲は広いな。ただ、隆起病変が主だから、もしかしたら良性のものかもしれない。手術はどこでするかなあ？――」

意外と死に対する恐怖といった事は意識には上らなかった。要は、今起きている状況をどのように理解し、それにどう対応したらいいのかが、思いを巡らす対象であった。現実主義と言ったらいいのか、現場主義と言ったらいいのか、何かが起こると、それにすぐ反応しようとする。これまでもそうしてきたから、そのやり方の延長線上の話なのである。人間の生き方はそんなに変わるものとも思えない。

それから私の取った行動は、実に敏速であった。主治医は「バイオプシーの結果待ち」と言っていたが、そんなに待ってはいられない。親しくしている消化器疾患を専門としている教え子たちに状況を話して、手術を受けるべき病院と執刀医についての示唆を求めた。主治医に全く相談もしないままにである。何人かの話を聞いて、私のところで学位の研究をした、山形大学で外科の准教授をしている医師に手術してもらうことに患者本人が決めてしまった。主治医には事後通告である。

無胃人への導入口である。

（二〇二一年二月）

無胃人の弁（二）　照る日、曇る日

胃全摘手術を終えて意識が戻ったのは、ＨＣＵ（和訳で高度治療室と呼び、集中治療室よりも少し重症度の低い患者の治療をするところ）のカーテンで仕切られた空間内であった。最初にカーテン越しに聞こえてきた言葉、「いや、珍しいんですけど、良性だったのですよ」。医師同士の会話らしい。「やっぱり、そうだったのだ」、私は合点して、また眠りに落ちた。

ＨＣＵには一昼夜いただけで外科の入院室に戻った。硬膜外麻酔をされているので、全く痛みはない。術後二日間はいわゆる点滴だけで体に栄養を入れていたが、三日目からは、それにお粥が加わる。胃を全部取ってしまった人間に対してである。私が実際に知っている以前の消化管手術後の経口食事摂取開始の話は、私が医師インターン生の時の事だから、随分昔だが、術後一週間は絶食だったと記憶している。

それにしても、おいしく食べる事が出来るのである。しかし、それも術後五日目までだった。主治医より若い、ベッドに掛かっている、主治医欄に名前の載っている担当の五、六人の医師がやってきて、一番偉そうな医師が、硬膜外麻酔の管を抜いていった。それからは地獄だった。全く食欲が消失してしまったのである。それと、全ての臭いが気になりだした。ヨーグルトにわずかに入っている人工香料の臭い、はたまた、看護師さんの濃いとも思えない化粧の臭いまで気になりだした。それまでは、硬膜外麻酔のおかげで、私は天国を彷徨っていただけだったのである。

必死に食べようと頑張るが、頑張れば頑張るほど食事は喉を通らなくなり、主治医は仕方なく、点滴による栄養摂取を主な栄養源としてまた利用せざるを得なくなった。主治医は申し訳なさそうに「先生、ゆっくりやりましょうよ」と言ってくれたが、これくらいのことでと、とても悔しかった。順調にいけば、術後十日ほどで退院になる予定なのだが、退院は延長になるらしい。

ところがである。八日目にして、猛然と食べ始めた。かなり無理をした事もあったが、いわゆる完食できるようになった。九日目のグループ回診で、件のグループトップの医師は「明日、退院ですね」と言い放った。後で、主治医がやってきて「先生、大丈夫ですか？」と聞く。大丈夫かどうかは定かではないが、医師の指示だから、退院は決まりである。なんと予定通り、術後十日目での退院となった。

退院後経過順調で万々歳であったが、そう世の中甘くはない様で、術後一カ月くらいで、術後補助化学療法なるものが始まった。

実は、この文章の冒頭の「良性だった」という医師たちのカーテン越しに聞こえた話は、私の事ではなく、誰か違う人の話だったらしい事が、術後の主治医の説明から分かった。術前のCT、MRIの検査では転移は見つからず、ただ、病変の広がりから胃全摘術が選択されたのだった。術式も、当初は、最近多く用いられる腹腔鏡下手術の予定だった。ところが、腹腔鏡を入れてみたところ、がんは胃の外側にも顔を出しており、急遽、開腹手術に切り替えられたとの事だった。だから、現在、私のお腹には、みぞおちの下からお臍までの一直線の切開創、二カ所の腹腔鏡を入れた穴、さらには開腹手術であるから、浸出液が貯留するので、それを体外に除去するためのドレーンと呼ばれる二本の管を通した穴の跡が残っている。

組織学検査で、小さいながら二個のリンパ節転移が発見され、私の胃がんの病期はⅡBからⅢAにグレードアップしてしまった。主治医曰く「ステージⅢの化学療法に関しては、最近TS‐1（5‐FUという古くからある抗がん剤に改良を加えたもの）の経口摂取にドセタキセル（イチイ由来の低分子化合物に改良を加えた抗がん剤）の静脈内投与の併用が、効果があるという結果が報告されている。ただ、これは八十歳以下の患者のデータであるが――」との事。八十二歳ではあるが、「やってもらいましょう」と受けて立ったまでは良かった。が、「抗がん剤、なめたらあかんぜ！」の世界で、これが結構きついのである。

（二〇二一年五月）

無胃人の弁（三）　抗がん剤、なめたらあかんぜ！

『光の子』に原稿を書かせてもらうようになってから、もう何十年も経つが、記憶の限りでは、今回が締め切り日に最も近い日の投稿である。長い事、文字を記す事を生業にしてきた人間にとってみれば、原稿の締め切りを守らない人間は人でなしと映る訳であり、どんな原稿でも、締め切りのかなり前に投稿するのが習いであった。しかし、今回だけは事情が違った。病状が悪くて原稿を書けない状態にあるという事ではない。ただ、この原稿を読んでくれる方に、病状が回復し、元気にやっている事を伝えたかったが、なかなか自信を持ってその事が出来る状態には至らず、原稿締め切りの五日前になってしまったという訳である。

要するに「えふりこぎ」なのである。がんの転移が見つかって、そんなに長くは生きないかもしれないという状況に至った時、やはり、「自分はどんな生き方をしてきたのだろうか」と振り返る事になるが、まとめて言えば、「えふりこぎ」であったなあと思う。この期に及んでも、まだ格好つけたがるのである。

それにしても、がんの化学療法は、想像していたよりも数段厳しいものだった。情けない事に、八十歳を越した人間が、ある時、あまりにも理不尽な己の身体に「何でこんなことになるんだ」と大声を上げてしまった。内服の抗がん剤と新しい静脈注射の療法を組み合わせた二剤併用の一クール二週間の化学療法が、間に一週間の休みを入れながら、六クール続く。私から見れば、六クールとは計十八週間、四カ月半過ぎれば、二剤併用の化学療法は終わりを告げるのである。人間、苦しい事でも終わりがあると思うと頑張れるものである。ところが、これで終わりという六クール目、予想に反して、五クールまでとは全く違った辛さが襲ってきた。全く食欲がなくなり、五日間物を食べたり、飲んだりすることが出来ず、点滴だけで過ごさなければならなくなった時は、「これはちょっと大変だぞ」と、弱音を吐いてしまった。

えふりこぎの私が目論んでいた今回の原稿の書き出しは、こんな文章で始まる筈であった。「六クールの辛い二剤併用の化学療法も終わり、一週間の休みの後に内服だけの化学療法が始まりましたが、お陰様で元気にしております――」。この文章を、内服だけの治療が始まって、一週間経った頃に書いて『光の子』に投稿することにしていた。ところが、目論見は見事に外れてしまった。とても辛いのである。私の憔悴を見て取った主治医は、新たな内服の開始を見送ると言い出した。まだ辛い体を抱えた私は合意せざるを得ない。原稿締め切りの六月二十日は迫ってくるばかりである。

しかし、万事休してこの原稿に向かっている訳でもない。最も辛い時は、食欲不振はおろか、ひどい口内炎で、麻酔薬の入ったうがい薬でうがいをしながら、水分だけ摂取していた。以前、大学で小児がんの治療をもっぱらの生業としてきた長男にこの話をすると、「そう言えば、子供たちもそのうがい薬を飲んでいたなあ」とのたまう。こんな事を子供にする人間は鬼かと思ったが、さすがに口には出さなかった。

いつか私は抗がん剤のことを「毒薬」と呼ぶようになっていた。しかし、こんな悪態をつける身ではないことはよくわかっている。二人の弟子たちが懸命になって、私をがんから救おうとして投薬してくれているのだから。それに、宇宙に神様がいるとして、神様は決して悪い事だけを押し付けたりはしないようだ。まだ、末梢神経障害による手足のしびれ、爪の黒化などは残ってはいるが、食べられる量は半減したとはいえ、最近、おいしく食べられるようになってきたし、何よりも、これまでは考えもした事のない新しい物の考え方を、神様は私に与えてくれた。今回の病気の事がなければ、私はそんな物の考え方を知らないまま死んだ筈である。

（二〇二一年七月）

無胃人の弁（四）　人の情けに泣く

病気になって、人の心の細やかな動きに感じ入る事が多くなった。

教え子の奥さんから送られてきたお見舞いの小包を開けて、私は目を丸くした。そこには、十種類近くの食べ物がおもちゃ箱をひっくり返したように、ごちゃごちゃと詰め込まれていた。しかし、一見して気付いたことは、そのどれもが、無胃人となって間もない私にも食することのできる、食道から直接小腸に入っていっても障りにならない食べ物ばかりで、しかも、そのほとんどが、いわゆる名の通った老舗の品なのである。あちこちと、私の食することのできる名品を求めて探し回ってくれた彼女のことを想うと、涙が出た。

また、病気をする前はあまり食べた事がなかった卵豆腐のお見舞いもおいしくいただいた。実は、私は大の肉好き人間だったのだが、多分抗がん剤の仕業だとにらんでいるのだが、病気をした後、味覚が変わって、薄切りの豚肉などは、紙切れを噛んでいるような感じになってしまったのである。そんな無胃人にとって、卵豆腐はするりと喉を通っていった。そして、卵豆腐の送り主は、私の礼状に対する返事に「色々思いあぐねて、これなら食べられるのではないかと思って送りました。喜んでもらってよかったです」としたためてあった。なんと幸せに囲まれて生きてきたし、今、生きているのだろうかとつくづく思う。

勇ましいことを言ったり、やったりし続けてきたが、それを可能にしてくれたのは、周囲の人たちの細やかな気遣いだったのだと、今になって気付かされている。そして、がんになって抗がん剤に苦しむような経験をしなかったなら、自分がこれまで世にも稀な、幸せだらけの人間であった事に気付かないまま終わってしまったに違いないと思う。がんになった事に対しても、真に感謝の気持ちを持たねばなるまい。

この原稿を書き始めようとした時、妻に対する感謝に触れなければ、人でなしだろうとまず思った。

ここまで、「死に対する恐怖は感じない」と言ったり書いたりしてきた。それは事実なのだが、日ごとの心身の辛さは、死に対する恐怖の感覚などとはまた違い、大変なものである。この日ごとの辛さに、私はまるっきり「弱っち」なのである。弱音をしょっちゅう吐くのだが、妻はいつも「大丈夫よ」と励ましてくれる。その一言が、いつも私を救う。一生懸命やってくれている彼女にこんな事を言うのは憚られる気もするのだが、こんなに優しくしてもらったのは、六十年近い結婚生活の中でも、初めてのような気がする。彼女の献身的な支えがなかったら、

「弱っち」はとても、ここまでやってくる事ができなかったように思う。

それにしても、どうも彼女は常に弱い者の味方で、これまでは、私は彼女にとっていつも強者であったという事かもしれない。思い起こしてみると、私が子供たちを叱る時、彼女はいつも彼らの味方をしていた。私は、子供たちに「理不尽大魔王」と呼ばれるくらい、子供たちに対して理不尽な言動が多かったのは事実であるが、その事とは関係なく、子供たちに理がない時も、彼女はいつも、彼らをかばっていた。二人束になって子供たちを叱った記憶はない。常に弱い者の立場に身を置く彼女の生来の反骨精神からくるものなのだろう。

感謝すると言いながら、彼女の批評をしている自分に気付くのだが、そんな資格はないのかもしれない。先日の事だが、わらび餅のきな粉をテーブルに大量にこぼしてしまい、慌てふためいたのだが、彼女は「ちょっと待って」と言って、電話メモに使っているA4判四つ切りの紙を二枚持ってきて、それを巧みに操作して、きな粉を全部きれいに掬い取ってしまった。なんと器用な人だとその時思った。問題なのは、これまでも彼女が器用だとは思っていたが、こんな事までできる人だとは、今の今まで気付かなかったという事である。要は、彼女と一緒に生活してきた六十年間、私は自分の事ばかり考えていて、細やかな相手のしぐさなどには全く無頓着だったということになる。

（二〇二一年十月）

無胃人の弁（五）　病み上がり

胃がんで胃全摘手術を受けて二年が経った。術後化学療法による侵襲は厳しいものであった。手足の爪が黒化し、一部抜け落ちたのをはじめとして、これでもかとばかりに、色々な事が次々に起こった。抗がん剤と呼ばれてはいるが、がん特有の異常を見いだしてピンポイントで攻撃する薬剤はまだ見いだされてはおらず、多かれ少なかれ、正常細胞も傷つけるので、それが副作用となって表れることになる。化学療法の治療が終了した直後に起こる、いわゆる急性の症状は厳しいが、持続期間が短いので、今振り返ると耐え難い記憶としては残っていないが、慢性の副作用は二年経った今でも続いている。指先のしびれがあり、名刺を名刺入れから出したり、お札を数えたりするのに手間取って、人前でまごつく事がある。また、味覚異常は、食いしん坊で、呑兵衛の私には少々辛い。同じ瓶の日本酒が、ある日はおいしく、ある日は渋く感じる。しかし、長期間にわたって、抗がん剤と死闘を繰り返している方々や、抗がん剤の効果もなく、亡くなられた方々のことを思えば、贅沢な悩みではある。

一回に食することのできる食べ物の量は、術前の四分の一くらいで、それ以上食べると苦しくなる事があるが、これとても、食事量と食べるスピードを自らコントロールする事を学んだ時点で事は解決する筈である。体重は八十二キロから六十キロまで減少したが、その後増加に転じ、現在六十六キロである。変な話で恐縮だが、担いでいた十五キロのリュックを下ろした計算になり、事実、テニスの動作は以前より軽やかになった感じである。

小さいながらがんのリンパ節転移があり、死も考えに入れなければならない状態だったので、やっておきたい事が幾つか頭に浮かんだ。

山形大学学長に就任していた時、「草木塔の心―自然と人間の共生―」と銘打った石碑が構内に建立された。ただ、碑の傍らを通る学生たちにとって、碑の意味するものを理解する事は難しいだろうと思われたので、以前から碑の脇に説明碑を建ててやらなければと想ってきた。玉手英利学長にお願いして、建立の手筈を進めさせていただき、二〇二一年十一月五日に建碑式を開催することができた。説明碑の碑文は、草木塔そのものの建立に際して中心的な役割を果たしていただいた当時の人文学部長、阿子島功先生にお願いした。

もう一つの仕事は、『光の子』に連載させてもらった原稿をまとめて一冊の本にすることである。二〇〇六年までのものは、以前『学者もどきのつぶやき』として出版したので、残りの二〇〇七年から二〇二二年までの約八十回の連載原稿を編集して上梓することである。自分の原稿ぐらい整理しておけばいいものを、全くしておらず、『光の子』編集委員の黒川健一郎さんに随分と苦労を掛けてしまった。この原稿を書いている今、『えふりこぎ』の表題を付けた本の原型が出来上がりつつある（本書がそれに当たる）。

「やっておきたい事をする」などと言いながら、要するに他人の力に頼ってことを成すやり方は、変わっていない。

病み上がりの身としては、結果的にはかなり無理をして事を進めてきた感じは否めない。COVID－19に関する論文の執筆も結構労力を必要とした。ただ、やらなければと思っていた事を終わってみると、満足感というよりも、寂しさが先に立つ。もうしなければならない事は何もないのである。

以前、がんになって死に対する恐怖は浮かんでこなかったと書いた。事実ではあるが、この機会に、残された命の長さを考えてみると、がんが治癒したとしても、八十四歳の人間がそんなに長く生きていく事はない訳で、体も心も消失してしまう事を夜眠れない時などに想うと、やはり底知れない恐怖におののく。

神を信じていない者ではあるが、神様は、残りの生を、肩ひじをはらずに、ゆったりと死に向かって歩めと言っているような気もする。

（二〇二二年十二月）

遥かなる南米の国パラグアイに想いを寄せて

ただいま訓練中（一）

朝三時頃起床、小一時間膝強化のストレッチ体操、四時五分過ぎからNHKラジオ深夜便「こころの時代」を聴き、五時頃から部屋のごみ捨て、洗顔等、場合によっては予習、六時十五分玄関先に集い、ウオーキング三十分、終わって玄関先に到着した頃には「朝の集い」、一八〇余名のJICA海外協力隊候補者が玄関前に参集、朝の集い終了後、七時三十分から朝食、八時四十五分から五時間スペイン語講義、その後、関連講義、午後六時より夕食、就寝時間は日によってバラバラ。これがこの一カ月の土・日曜を除いた私の毎日である。

このように申し上げても、皆様には何の事かご理解いただけないであろう。説明すると次のような事になる。私は山形大学学長を退いた後、国際協力機構（JICA）シニア海外ボランティアに参加しようと思い、その準備をしてきた（少なくとも、そのつもりであった）。しかし、私の考える事はいつも甘く、事はそんなに簡単に進まない事を思い知らされた。まずJICAから分厚い書類が送られてきた。シニアボランティアになるためには、訓練所での約二カ月の訓練が必要であり、それを無事修了して初めてボランティアになるのであって、それまではあくまでボランティアの候補者だというのである。そして私が派遣される予定のパラグアイの使用言語、スペイン語の訓練は総計二一〇時間（おおよそ当時の中学生の英語授業の総時間に相当）であると書類に書かれてある。そして、前記のような私の訓練生活が始まったのである。

私は今、十月十日から長野県駒ヶ根市にある「独立行政法人国際協力機構　駒ヶ根青年海外協力隊訓練所」と名付けられた施設で生活をしている。約百名の青年海外協力隊の諸君と約八十名のシニアボランティアが同じメニューの訓練を受けている。それはまさに「訓練」であり、決して「研修」ではない。

説明しよう。候補者の所内での生活には厳しい規則があり、それを破ったりする不届きな者は一人もいない。講義を受ける時は背広を着て、ネクタイを締めなければならず、スリッパで講義に出席したりしてはいけない。所内は禁酒である。訓練所の外での飲酒は禁止されていないが、酒を飲めるところまではタクシーで二千円もかかるので、週末以外に酒を飲みに出かける者は誰もいない。

最初、私はここまで規制を厳しくしなくてもと思ったが、今はそうは思っていない。要するに、青年が発展途上国に一人で出掛けていって、ある意味では我が国の名前を背負って活動する事になる訳で、そのためには、それ相応の完成した一人の人間像が求められる事になる。そんなに容易に一人の人間が完成する筈もないが、少なくとも引き締まった、分別のある一人の人間への歩みの導入口を用意してやる必要があるという事だと思う。

また、我が国の安全神話が少し崩れかけてきているが、間違いなく世界で最も治安の良い国から、ボランティアとして他国に出掛けていく場合、それ相応の安全に関する自己管理が必要な訳で、そのためにも自分を律する術を学ばなければなるまい。

どうも困ったもので、私自身が訓練生の筈なのに、ご託宣を述べている始末。いずれにしても、私自身はここでの訓練生活を身の引き締まる想いで、しかし、大きな喜びを持って過ごしている。

（二〇〇七年十月）

ただいま訓練中（二）

前項では、私が今、駒ヶ根市の青年海外協力隊訓練所で訓練を受けている事を述べた。今回は、そこでの私も含めた人間模様について触れてみたい。

青年海外協力隊（以下、協力隊）の諸君、特に女子は元気が良く、実に積極性に富んでいる。派遣候補者は、生活の一つの単位、十五名からなる班が中心となって色々な事をするのだが、普通、日本人は班長などを引き受けたがらない。ところが、女子協力隊員を中心に班長希望者が目白押しなのである。また出会いの挨拶が良い。どこで、いつ会っても気持ちの良い挨拶が返ってくる。こんなに挨拶の良い人間集団に私はこれまで出会った事がない。

今、若者のマナーの悪さ等が取り沙汰されているが、訓練所の若者たちに関する限り、その事は全く当てはまらない。我が国の若者の種々の行動、発言などから若者たちを分類すると、その分布は正規分布を示すと思われるが、今、訓練を受けている協力隊の諸君は、正規分布の裾野の一％以下のところに位置するに違いない。とにかく、特異な若者の集団なのである。言葉もよく通じない外国に一人で出掛けていって、そこで活躍しようとする若者たちであるから、当然なのかもしれない。

しかし、他人の役に立ちたいという、いわゆるボランティア精神に凝り固まっている人たちが全部かというと、必ずしもそうではないようで、何か自分の方向転換を求めて、協力隊に応募したという感じの諸君も見受けられる。多くの諸君が勤め先を退職して参加しており、帰国後の再就職の事が、彼ら、彼女らの最大の悩みであるようだ。こんなに積極性に富み、手探りをしながら、外国で二年間も過ごす事の出来た若者を、なぜ企業や公共団体は採用したがらないのか、私は不思議に思った。

協力隊OBで、今回シニアボランティアに応募した方と話した時、彼は「協力隊経験者は、就職してもすぐ辞めてしまうから、評判が良くないのでは」と言い、また「協力隊あがり」という言葉がある事を教えてくれ、少し肯いた。終身雇用が原則で、年功序列を尊んでいた一時代前の企業にとっては、確かに協力隊経験者は御しがたかったかもしれない。しかし、グローバル化時代で、前に進もうとする気概が我が国の社会に求められている今、彼らこそ、我が国再生の旗手のように思えてならない。

それは単に企業が競争に勝つといった事だけのためではなく、人を人として扱う社会をつくりあげていくためには、彼らが大きな役割を果たす事が期待されると思う（全体として、少し協力隊の諸君を褒め過ぎたかな）。

さて、「そんな事を言っているお前はどうなのだ」という声が聞こえてくる。私はと言えば、シニアボランティア応募の動機はそんな立派なものでなく、「学長までした人が偉いですねえ」等と言われると、穴に逃げ込みたい衝動に駆られるのだが、今回の選択は、結果的には、人生晩年の良い選択だったと思っている。学ぶ事の尊さ、その大変さ、そして記憶力の減退から一気には進んではいかないが、少しずつスペイン語を憶えていく事の快感などを齢七十歳にして味わう事が出来る私は幸せ者だと思っている。

かくなる上は、後半の三十日も是非頑張って、かなり多額の税金を使わせてもらって獲得した（出来るかな？）スペイン語を駆使して（出来るかな？）、渾身の力を込めて、シニアボランティアとして活躍しなければなるまい（今の精神状態から、どうしても肩に力の入った文章になってしまう事、お許し願いたい）。

（二〇〇八年一月）

朝焼けに涙する時

気が付くと、椅子に座って朝焼けを眺めはじめてからもう十五分も経っている。よく朝焼けはきれいだといわれるが、今日の朝焼けはそんなものではない。何か引き込まれていきそうな、恐ろしささえ感じる。あえて色で表現しようとすれば、黒味をおびた赤色といったところだが、朝焼けが良いのは、刻々と色が変わっていき、間もなく光り輝く太陽が顔を出し、何事もなかったように、明るい世界が始まっていく事なのである。それにしても、朝焼けを十五分も眺めていた事などこれまでなく、生まれて初めてである。涙が出てくる。もちろん異国で淋しく一人暮らしをしている老人の感傷なのだが、朝焼けをゆっくりと眺める事もなかった我が生を想い、今それができている事がとても嬉しく、地球の裏側までやってきてよかったなあと感じるのである。

地球の裏側に位置するこのパラグアイの国に来て、もう二カ月も経つ。日本とほぼ同じ大きさの国土に六〇〇万の人たちが住む。首都のアスンシオンは、結構、人口密度は高いと思うが、北部には広大な不毛の地が横たわる。

日系人は七千人ほどで、人口の〇・一％程度だが、社会的な地位は高い。この国は農業国で、農産物の輸出が国の経済にとって重要であるが、主要な輸出農産物である大豆は、日本から移民した人々が初めてその作付けに成功した。そんな事もあり、日系の人々は、パラグアイ人から敬意を持って見られているのである。

しかし、私が今、お世話になっているアスンシオン大学保健科学研究所の日系のドクトーラ（女性研究者）の話によると、以前は大学も含めて、学校でトップグループは日系の学生だったが、最近は韓国系の学生に取って代わられつつあるとの事、少し寂しい気がする。

この国にはこれで十四回目の訪問になるのだが、前回にお邪魔したのが二〇〇〇年なので、八年のブランクがある。随分変わったなあと思われる事と、あまり変わっていない面と二つある。今、日系の方が経営しているホテルに長期滞在の形で逗留しているのだが、メイドさんが日ごと変えてくれる石鹸とトイレットペーパーの質が、以前と比べて格段に良くなっている。泡のよく立つ石鹸が好きで、日本にいた時も選んで買っていた。ところが、以前このホテルに泊まった時は、ホテルの石鹸はほとんど泡立たず、シャワーを浴びた気がしなかった事を覚えていて、今度は長逗留になるからと、わざわざ日本から石鹸を持参した。ところが、今ホテルの石鹸の泡立ちはとても良く、日本から持ってきたものと遜色がない。トイレットペーパーの質も格段に良くなっている。

一方、街角でぐったりした赤ん坊を抱いて物乞いをする人たちの様は変わっていない。というよりも、以前に比べると増えたような気がする。以前は人通りの多い、セントロと呼ばれる繁華街だけで見られたが、今ではあまり人通りの多くない道端でもかなり見られる。

そういえば、到着した当日にＪＩＣＡ（国際協力機構）パラグアイ事務所で行われた、パラグアイ警察の現職警官による安全管理に関するレクチャーの中で、この国で犯罪が急激に増加している事の理由として、貧困層の増加を挙げ、国民の四十％の人々が一日一食の生活を強いられていると聞かされた時はショックを受けた。

今、日本で手に入って、この国で手に入らないようなものはほとんどない。経済のグローバル化はこの国にも確実に及んでいる。しかし、多くの人たちが十分な食事も出来ないという事実に発展途上国としての問題がある。

いずれにしても、スペイン語の新聞もろくに読めない者が大上段に構えて「この国は――」などと言ったりしないように心掛けたいと思っている。私はパラグアイの人たちから学ぶために今ここにいるのだから。


（二〇〇八年三月）

パラグアイの三つの結婚式（一）

パラグアイに来て一人で生活するようになってもう四カ月近く経った。今、痛感しているのは、これまで自分がどんなに他人に助けられて生きてきたのかという事である。一般的に言って、他人に助けられて生きるのは当たり前の話なのだが、私の場合、人並み外れて、他人に対する依存度が大きかったという事らしい。その証拠に、一人で生活してみると、とんでもないミスばかりしているのである。霜取り機能のない部屋の冷蔵庫の冷凍室を占領しそうになった氷を取り除こうとして包丁で氷を突いていたら、「ヒュー」という音とともにフロンガスが冷凍室から出てきて、冷蔵庫を一台壊してしまったり、セーフティボックスの鍵をなくしてしまい、ホテルのご主人に、強盗よろしく、セーフティボックスの鍵を壊させたりと、穴があったら入りたくなるような事を繰り返している。

とはいっても、ここでも私は、現地の人たちから多くの温かい手助けを受けて生活しているのである。特にお世話になっているのが、青年実業家の日系二世のTさんである。その彼が「パラグアイの結婚式を経験するのも良いでしょう」と、奥さんの友人の結婚式に連れて行ってくれた。その後間もなく、私が逗留している日系の方が経営しているホテルの奥さんがご長男の披露宴の案内状を部屋に届けてくれた。と、今度はTさんが「田舎の結婚式も面白いかも」と、彼が経営している七十町歩の農場の管理を任せている人のお嬢さんの結婚式に招待してくれた。シニアボランティア多しといえども、一カ月半の間に現地の結婚式に三回も出席できたのは、私ぐらいではあるまいか。感謝、感謝である。

最初の結婚式は、午後八時からカトリック教会で行われ、その後の披露宴は午後九時から始まった。誰が挨拶をするでもなく、ただ皆飲み食いしている。ややあって、パラグアイでは、どの結婚披露宴でもそうなのだが、新婚夫婦が最初にダンスを踊り、その後、彼らは次々に相手を変えながらダンスを続けていくのである。今回の結婚披露宴では、大分時間の経った頃、二つの椅子が中央に向かい合って置かれ、花嫁とその女友達が、お互いの片方の靴の底を合わせるようにして椅子に座る。と、そばにいる花婿が花嫁のスカートの中からゴム輪のようなものを引っ張り出し、それを、靴の底でつながっている花嫁の友人の脚を通してスカートの中にそのゴム輪を押し込んでやるのである。花嫁の友人は次々に変わり、この作業は延々と続く。Tさんの話によると、「女の人と遊ぶのはここまでにしてね」という意味合いだそうだが、さすがに驚いた。宴は延々と続き、午前一時を回った。Tさんは「本当はケーキを頂いて帰るのだが――」と言いながら、身重のTさんの奥さんが疲れてしまった事もあり、私たちは家路についた。

ホテルのご長男の披露宴は、私たちがいつも利用させてもらっている日系ホテルの中庭にあるテニスコートにテントを張って行われた。この披露宴にも驚いた。全ての事が日本式なのである。研究所の同僚の日系の先生に尋ねると、お祝いは日本と同じくお金を包むというので、スーパーに行ってそれらしい袋を買ってそれに現金を入れて持って行った。ところが、私以外の人は皆、立派な水引の掛かったご祝儀袋を受付の人に渡しているではないか。披露宴は、日本でも一時はやったが、新郎新婦の男女の友人の司会の下に始められ、来賓の挨拶もあった。ただ、日本の披露宴でよくある、いわゆるお偉いさんの話ではなく、新郎新婦の学校の先生の心温まる話で、楽しい気分でスピーチに聞き入った。パラグアイの山形県人会の会長さんの話をしていたら、現地採用のＪＩＣＡの方が、その方が会場に来ている事を教えてくれ、席に挨拶に行き、再会を約束した。時間を守る日系人の披露宴は、三時間で閉じられた。

（二〇〇八年六月）

パラグアイの三つの結婚式（二）

パラグアイの三つの結婚式の中で、最も印象深かったのは田舎の結婚式であった。土曜日であったが（確か、三つの結婚式は全て土曜日）、その日は教会では八つの結婚式があったとかで、なんとそれぞれの結婚式は十五分で片付けられてしまったとの事。あまりにもひどい話ではあるのだが、パラグアイの人たちは、「教会は儲かったね」というくらいで、あまり文句も言わない。短い結婚式が終わり、Tさんの農場のある村で行われる披露宴会場に向かう事になったが、村からバスで教会まで来た多くの人たちは帰りの交通手段がないらしい。Tさんが彼らと何やら話していたが、子供たちも含めた十数人がTさんの小型トラックに乗り込んできた。帰路はかなりデコボコの多い山道なのだが、子供たちは荷台で騒ぎに騒いでいた。

披露宴はTさんの山小屋（と呼ぶにはちょっと立派過ぎるが）の隣にある、花嫁の父である農場管理人の家の広い庭で始まった。たくさん並べられた白いテーブルとそれを囲む椅子、大きな音の出る音響装置など、皆、結婚披露宴を商売にする業者がしつらえたものだという。この披露宴も、何のスピーチもない。花嫁の父親は、間断なく動き回り、ビールが空になったテーブルを見つけては、新たなビール瓶を置き、栓を抜いていた。驚いた事に、Tさんの山小屋から少し離れた別の場所で牛を飼ったりする仕事をTさんに任せられている人も、花嫁の父と同様に、私たちが会場を離れるまでは、席につかず、披露宴の手伝いに動き回っていた。

宴に参加していた二人の子供たちの事を、今でも私は忘れる事ができない。私たちの席の近くに座っていた、まだ年端もいかない女の子が、幼児の面倒を長い時間ずっと見ている。気になって時々そちらの方に眼を向けると、まだ幼児を抱いたままである。一時間以上経過し、ようやく幼児の母親らしい人が来てその幼児を連れて行った。その後、その女の子の事を忘れてTさんと話していたが、ややあって、彼女の方を窺うと、なんと別の幼児の面倒を見ている。彼女は私たちがその席にいた三時間半の間、幼児の世話を見続けていたのだった。Tさんに歳を聞くと十一歳という。

もう一人の子は男の子で、牛の世話を任されている夫婦の息子である。学校に行く途中上級生と喧嘩をして、勝ってしまうほどのきかんぼうであると聞いていた。父母は宴の手伝いに忙しく、一向に彼のところには来てくれない。彼は動き回るでもなく、子供たちの席におとなしく座って、コーラを飲んでいた。ややあって男の子のお母さんがTさんのところに挨拶に来た。きかんぼうは自分の席を離れ、お母さんのところに駆け寄った。すると、お母さんは、内容は分からなかったが、大きな声で彼を叱った。「席に戻りなさい」という事であっただろう。彼は文句を言う事もなく、一人で席に戻り、またおとなしく座っていた。ちなみにこの子は小学一年生である。私はこの子たちにすっかり心を奪われてしまった。少なくとも、日本には絶対にいない子供たちが今ここにいる。お酒の酔いも手伝って、涙が流れた。Tさんに後でその事を話すと、「ここではコミュニティがまとまって、規律を守っていかないと生きていく事が出来ないから」という返事が返ってきた。

私は、以上に示した大人と大人の関係や、大人と子供の関係が理想的なものだから、そこに戻れなどと言おうとしているのではない。ただ、近代化の中で、日本はこのようなコミュニティを破壊してきたのだという事実を、今しっかりと認識しておく必要があるのではないかと思う。

（二〇〇八年八月）

夢の国ではなかったパラグアイ、でも私はこの国が好きだ

早いもので、パラグアイに来て、すでに一年近くが過ぎた。そして、この間、十月には一カ月間健康診断のために日本に帰国し、帰路は妻を伴ってパラグアイへやってきた。これから妻と共同のパラグアイ滞在第二ラウンドの始まりである。この国への訪問は今回で十四回目になる。短期旅行者には夢の国のように見えていたが、やはり長期間滞在すると、短期間の旅行者には見えなかったものも見えてくる。

最も驚かされた事の一つは、警察の腐敗ぶりである。タクシーに財布を置き忘れて、その中に入っていた身分証明書を紛失してしまい、再交付を受けるために、事故証明書の申請に警察を訪れた時の事である。決められた日に行ったのだが、「そんなものは上がってきていない」と言う。困ってしまって、知り合いの日系二世の友達に頼んだところ、書類は二時間で私の手元に届いた。彼は笑いながら「警察も少しお金が欲しかったのでしょ」と言う。同じような話は他でもかなり聞いた。一回、閣僚を経験すると大邸宅が建つという。笑い話があって「政治

の腐敗度が世界一のランクであったのを、賄賂をやって二位にしてもらった」というものだ。パラグアイ人のスペイン語の先生は「この国のポリティカ（政治）とポリシア（警察）は駄目だ」と言う。でも彼女は「それでも、私はこの国の人たちが好きだ」とも言った。

こんな経験をしても、私もやはりパラグアイ人が好きである。一八六〇年代、我が国では明治維新の頃、パラグアイはブラジル、アルゼンチン、ウルグアイ三国を相手に戦った三国同盟戦争に敗れて、大きく国土を失い、成人男子の半分以上が戦死した。この負け戦の責任者であり、ある意味では国を滅ぼしたロペス将軍（大統領）は、この国の第一の英雄であり、首都アスンシオンのメインストリートには、Avenida Mariscal Lopezと彼の名前が付されている。彼はこの戦争で戦死したのだが、パラグアイの人たちは、その誠実さと勇敢さの故に彼を国の英雄と見なす。そんな情緒的なものの感じ方が、日本人に通じるからかもしれない。パラグアイとの関係を持った事のある日本人には実にパラグアイファンが多いのである。

お世話になっているアスンシオン大学保健科学研究所は、基礎医学研究所と病院の臨床検査部の機能を併せ持っており、研究者の九十％以上が女性である。皆なかなか勇ましい。議論を始めると、機関銃のように言葉が飛び出し、いつまでも続く。スペイン語がよく出来ないから、ほとんど理解できないのだが、話の中に数字がポンポンと入ってくるあたりは見上げたものである。議論に卓越しているだけではなく、ここの研究者たちは全体として実に優秀な研究者でである。私とこの研究所との付き合いは二十年以上にわたっており、ＪＩＣＡのプロジェクトの調査団の一員として訪れたのが最初である。今回訪れて驚かされたのは、二十年以上前にＪＩＣＡから供与された機器の多くがまだ稼働している事である。ＪＩＣＡの他のプロジェクトでは、高額な機器が導入されたのに、管理維持ができなくて使用されていない場合も結構あると聞く中、この研究所の物持ちの良さは見上げたものであり、しっかりとした研究を展開してきた証と言えよう。

私はといえば、こんな優秀な女性研究者の間でもみくちゃにされると思いきや、結構大事にしてもらい、自分で言うのも何だが、研究全体の方向性について指導するという仕事は、予想以上に順調に進んでいる。全ては、私の仕事の主なパートナーである、この研究所の中でも飛び切り優秀な女性の日系二世病理学者のおかげであり、感謝している。

最近、どうしても分からない事に出くわし、少し困惑している。首都アスンシオンの出産の四十%以上が、帝王切開であるというのである。私たちの常識としては、帝王切開は正常分娩が困難な場合だけに行われるものと思っていたのだが——。心優しき人々の国パラグアイにも、何かおかしな事が起き始めているのだろうか。

（二〇〇八年十一月）

マリーさんとラモンさん

月日の経つのは誠に速いもので、妻と二人のパラグアイ生活も、もう一カ月を超してしまった。今、トヨタパラグアイ総代理店など広く事業を展開している豊歳さんのお宅にお世話になっている。食品等の買い出しは奥様が車でご一緒してくれるなど、「シニアボランティアをしています」などと言ったら他のシニアボランティアに怒られてしまいそうな恵まれた生活である。何しろ、毎日妻と一緒に夕飯を六時過ぎに食するなど、結婚以来初めての経験であり、少し戸惑いを感じながら新婚もどきの毎日を送っている。もっとも、酒を飲み過ぎて妻に注意される様は、地球の裏側へと所変われども、一向に変わらないのだが。

私たちの生活を支えてくれている裏方が、マリーさんとラモンさんである。二人とも豊歳家に二十年以上勤めており、豊歳夫妻の信望は誠に厚い。この国ではお手伝いさんに掃除、洗濯、食事作り等を手伝ってもらうのがかなり一般的で、「宝石がなくなった」などと結構いざこざも多いと聞くが、二人の二十年選手は豊歳家の裏方を全て任されている感じで、その存在感は大きい。

マリーさんは、ほぼ週に二回私たちの部屋も掃除してくれるのだが、この人は実に特色のある方で、私たち夫婦の話題に上る事も多い。私はだらしない男で、机の周囲はいつも乱雑に散らかされているのだが、ある日帰宅してみると、私にとっては異様な光景に出くわした。パソコン机の隅に二段の小さな三角コーナーがあるのだが、前日までは乱雑に散らかっていたホチキス、セロテープ、鋏など諸々の文房具が見た事もない美しさで整理されているではないか。それは触るのもはばかられるような、見事な整理の仕方である。事実、私はそれ以来、三角コーナーから文房具を持ち出した時は、元の場所に、マリーさんが置いてくれた様態で戻す習慣が出来上がってしまった。何十年となく続いてきた私の悪い習慣を変えさせる迫力がそこにはある。

三角コーナーだけではない。洗面台の歯磨き粉、歯ブラシの入ったコップ、口内洗浄剤等が、直線状に置いてあり、置いてある順番を私が間違えると、次回は元に戻されてしまう。至るところに彼女の掃除のこだわりがあり、私たち夫婦は、彼女の掃除の度に「今日はこうだった」等と新たな発見をするのに忙しい。奥様から伺ったところでは、マリーさんは非常に激しい気性で、奥様たりといえども引かない事もあるという話である。その気性にして、この完璧な仕事ありで、うべなるかなである。

一方、車の運転を主務とする男性のラモンさんは、陽気な、好人物丸出しの、誠に親切なパラグアイ人である。スペイン語のほとんど分からない私たち夫婦に、日本語、英語を交えながらジョークを飛ばす。陽気なだけでなく、温かさを感じさせる彼のしぐさに、地球の裏側の異国で生活を始めたばかりの妻は、大分癒やされているようである。

この国では水道水は飲用に適しておらず、ミネラルウオーターを飲む。ラモンさんが二十リットルの重いプラスティックの容器を、私たちの住んでいる二階まで運んで来てくれた時に、妻が日本語で「ありがとう」と言うと、ラモンさんは「Estamos para ayudar」と応じた。「あなたたちを手助けするのが、私たちの仕事ですから」という意味だと解説すると、妻はいたく感じ入った模様であった。

去る十二月八日は「カアクペのマリア」というパラグアイの祝日で、カアクペ教会まで歩いて行って、ミサに与ると願いがかなうという言い伝えがあり、この日はカアクペ教会への長い行列が出来る。「ラモンさんは、ミサが何回もあって、心が満たされ、とっても良かったと言っていたけれども、ラモンさんが話すと、本当にその通りだっただろうなあと思わされるよね」と妻は言い、私も同感ではあるのだが、そんなスペイン語がどうして妻に理解できたか、いまだに不思議である。

（二〇〇九年一月）

パラグアイは今

パラグアイでは、二〇〇八年八月十五日、六十二年間の保守政党（コロラド党）による政治支配を覆して、カトリック司教のフェルナンド・ルゴ氏が大統領選に大勝し、中道左派政権を成立させた。ルゴ氏の大統領就任当初、それまではアルバイトとして街の両替商の警備を担当していた現職警官は姿を消し、お世話になっている研究所のパーティに関しても、華美にならないようにといった通達が出されたりして、「パラグアイもいよいよ変わるのだなあ」という実感を持たせた。しかし、新聞も読めず、テレビ放送も理解できない人間がいうのは誠におこがましいのだが、事はそれほど簡単ではないようだ。

大統領選挙の時は、五時間もかけて故郷に帰り、選挙監視人を買って出て、新しい政権の実現を願っていた私のスペイン語教師にルゴ大統領の事について水を向けると、「昨日言った事を今日翻し、それがまた明日には変わってしまう」と落胆の色を隠さない。以前「パラグアイで政権が代わっても、大きく左傾化した周囲の幾つかの中南米諸国のようにはならない」という話を聞いた事があるが、パラグアイ人は急激な変化を好まない人たちであるようだ。こんなふうに語ると、私がパラグアイの事が最近よく分かるようになってきたように聞こえるが、この国の事など、まだなにも分かっていない事を認識させられる事が実に多いのである。

過日、医学部の学生にカリキュラムの事を聞いて驚いてしまった。といっても、もちろん日本語の流暢な日系二世の学生の語った事である。彼の話によれば、人間としての一般教養を深めるための、いわゆる教養教育は、医学部を含めた全ての学部にカリキュラムとして全く存在しておらず、学生は大学入学後、すぐに専門科目の授業を受ける事になるという。まだ幼さの残る十八歳の少年は解剖実習に立ち向かわなければならない。私の専門分野である免疫学の教科書を見せてもらったが、その分量はかなりのもので、最新の免疫学の進歩についても十分な説明がなされている。少なくとも基礎医学に関しては、パラグアイの医学生は紙媒体の上では十分過ぎるくらいの情報を受け取っていると思われる。それにしても、大学で人文系の講義を全く受けていない医者を生み出していいのだろうかとも思う。

さらに驚いたのは、大学で英語の教育が全くなされていない事である。英語の出来ない医師が生まれる事の非を件のスペイン語教師に話したところ「それよりも、ガラニー語の出来ない医師が生まれてくる事が大きな問題でしょう。四十％のパラグアイ人はガラニー語しか話さないのだから」と切り返された。ちなみに、ガラニー語は原住民ガラニー族の言葉でパラグアイの第二公用語である。

また、ある時、「大学で英語を教えないと国際性の乏しい指導者しか生まれてこないのでは」と問いただしたところ、中南米に造詣の深い一人のJICAの専門家に「パラグアイにとっての国際性とは、ブラジル、ウルグアイ、ボリビア等といかに付き合うかであり、スペイン語と、せいぜいそれと近い関係のポルトガル語で事が足りる。事実、米国との関係の深い中米の国々では英語は必須である」と諭された。

要するに、パラグアイの事を語ろうとすると、ちょっと滞在したくらいで、その国の事をとやかく言ってはならないと自己反省させられる羽目に陥ってしまう事が多いのである。

それにしても、最近JICAパラグアイ事務所の方から聞いたのだが、多忙な方で、どうしてもごく短期間しかパラグアイに滞在できない日本から来た方の講演を、パラグアイ政府の財務省の方々が土・日曜に出てきて聞いたという話は、土・日はほとんど働かないのが常である従来のパラグアイ人の事を考えると、何かこの国が変わっていく兆候のようにも思えるのだが、またまた、はやとちりなのだろうか。

（二〇〇九年六月）

ティケノマ

あっという間に在パラグアイ一年半となり、滞在期間はあと六カ月しか残っていない。一年半、本当に何をしてきたのだろうという想いが募る。お手伝いしている研究所の仕事は順調に進んできているし、草や木の命をも愛おしんで、山形を中心に日本各地に建立されてきた「草木塔」をパラグアイの日系移住地に建てる試みも、何とか目途がついた。何をそんなに欲張るのか。

そういう事ではなくて、この間パラグアイで過ごしてきた日々の事が、心象として頭に浮かんでこないのである。色々と想い巡らしてみると、パラグアイに来てこの方、日々が緊張の連続であったが故に、毎日を過ごしていくのに精一杯で、日々の生活を記憶に留める余裕がなかったという事のようである。

やはりスペイン語恐怖症からくる緊張が中心にあるらしい。いまだにスペイン語による会話がほとんど成立しない。こちらの用件をスペイン語で言う時は、頭の中で一回内容を考えてから言葉として発するから、まずは分からない単語を電子辞書で調べて話せば何とかなる。しかし、その後に相手が私の言葉に反応して話すスペイン語がほとんど分からない。これでは会話にならないのである。

大変ありがたい事に、研究所の車が毎日送り迎えしてくれる。妻がパラグアイに来て以来、研究所からかなり離れたところでの居住となり、通勤に片道三十分かかる。三人いる研究所の運転手たちは、最初、車を運転しながら話し掛けてくれていたのだが、あまりにも私がスペイン語を分からないものだから、最近では「今日は良い天気ですね」とか「今日は寒いですね」といった時節の挨拶をした後は、ラジオの音のボリュームを上げてくれて、私は音楽鑑賞の運びとなる。しかし、三十分間、二人の人間が、閉ざされた空間に会話なしに一緒にいるという事が、こんなに気詰まりで、辛い事であるとは知らなかった。何か胸が詰まってくるのである。到着する頃には、私はかなり疲れている事になる。

スーパーマーケットはこの点、良い。キャッシャーに表示された数字を見てお金を払えば良いのだから。でも、最初はここでも困った。キャッシャー嬢が何か質問するのである。何回か聞いているうちに、それは「ティケノマ」と言っているらしい事が分かってきた。スペイン語の先生に「ティケノマ」とは何であるのか聞いてみた。彼女は笑いながら、それは「Tique no mas ?」（ティケットだけでいいのか？）と尋ねているのである事を教えてくれた。この国では、税の控除を受けるには、しっかりした「factura」（勘定書）が必要であり、スーパーの領収ティケットでは用が足りないので、「facturaは要らないのね？」と確かめているのである。この事を学んで以来、私は胸を張って「シー（はい）、ティケノマ」と答えてその場を切り抜けている。

今、この文章を書いていて、ふと四十年以上前の米国留学時代の事を思い出した。マクドナルドにハンバーガーを買いに行って注文した時、店員が私に何か質問するのである。私は汗をかきながら「Pardon me」（すみません、もう一度言ってくれませんか）を繰り返した。私の後ろにいた、その当時、小学三年生の長男が私の背中を突っついて、「お父さん、ケチャップ要るかって言っているんだよ」とささやいてくれた。私は慌てて「イエス、イエス」と言ったのだった。中学・高校・大学と学習した英語でもこれくらいなのだから、スペイン語が分からないのは仕方ないかと自分を慰める。

それにしても、昨夕のスペインからの三人のお客を迎えての研究所長宅でのパーティは、まさにスペイン語オンパレードで、会話をキャッチアップしようと頑張り過ぎて、またまた疲れてしまった。帰宅して、「お疲れ様」と自分を慰めて飲んだウイスキーがまだ残っていてちょっと辛い。

（二〇〇九年八月）

地球の裏側の国、パラグアイに「草木塔」が建立される

以前に「草木塔」の事について触れた事があるが、再度少し説明しよう。江戸時代、山形地方で山の木を伐採して川の水の流れを利用して、城下まで運ぶ「木流し」という仕事が行われていた。草や木にも魂が宿っているという、一つのアニミズムに基づいて、木流しの犠牲となって切り倒された木の鎮魂と、木流しで働く人々の安全を祈願して建てられた石碑を「そうもくとう」と呼び、その表には「草木塔」あるいは「草木供養塔」の文字が刻まれている。草や木の命をも愛おしんで塔を建立するという優しい心の持ち主たちの成せる業と言えよう。江戸時代はそのほとんどが山形で建立されていたが、最近では、建立者の色々な想いに基づいて、日本国中、種々の場所に建立されている。

私がＪＩＣＡシニアボランティアとしてパラグアイに来る時に、「草木塔ネットワーク」を設立し、草木塔の心を広めていく仕事の中心的な役割を果たしてきた山形大学の土橋睦夫先生（故人）に「パラグアイで、海外初めての草木塔を建てる事も、先生の大事な仕事ではないの？」

と言われた。すっかりその気になって、この一年半パラグアイに草木塔を建てるための活動をしてきた。その結果、今回地球の裏側の国、パラグアイに「草木塔」が三基も建立されるに至った。二大日系移住地、ピラポとイグアス、そして私の友人の農場における海外で初めての草木塔建立である。多くの心優しき人々との出会い、自然保護運動の地球規模での盛り上がりによる後押しなどが、短期間にこのような事が出来た理由なのだと思う。

ピラポ日系移住地の草木塔は、日本語のものとスペイン語のもの、二基から成っている。日本語の草木塔には、私がその文章を考えた、「幾多の恵みを与えしピラポの自然に感謝し、将来にわたりこれを守りぬかんとする想いの一つの記として、ここに草木塔を建立す」という碑文が、「草木塔」という大きな文字の下に記されている。そして、その文章のスペイン語訳が隣の小ぶりの塔のSOMOKUTOの文字の下に刻まれている。これは、日系一世の工藤ピラポ市長の発案によるもので、「草木塔といってもパラグアイ人には何の事か分からないだろうから」という、パラグアイ人も大切にしようとする彼の想いがそうさせたのである。

山形出身の石井吉信さんが「草木塔」の文字を刻んだ、イグアス日系移住地の草木塔は重さ三・五トンもあり、威風堂々としている。イグアスでは自然環境保護運動としての植樹が盛んに行われており、植樹のための苗を育てる育苗センターの入り口に草木塔は設置され、「まさに所を得たり」といった感じである。草木塔の入魂式で、福井一朗イグアス日本人会会長は、その挨拶の中で、「今、私たちの前には大きな耕地が広がっていますが、考えてみると、それは切り倒された木々や、引き抜かれた草花の犠牲の上に成り立っている訳で、今、私たちは、草や木の魂に安らぎを与えなければなりません」と草木塔建立の意義について触れた。仕掛け人としては何ともありがたい言葉である。

この原稿が活字になる頃には、もう一基の草木塔が、友人のT氏の農場に建立されている筈である。農場の林にその姿を現す岩盤そのものに「草木塔」と記した大理石を埋め込む、全く新しい趣向の塔である。

ここまで走ってきて、今私は、はたと立ち止まっている。石の文化の特徴は、長く残るという事にある。今回パラグアイに建立された草木塔は、もちろん私の生を超えて生き続ける。今頃になって「こんな大それた事をして、本当によかったのだろうか」という想いが募るようになり、ただがむしゃらに事を進めてきただけの自分の行いを反省する事しきりなのである。

しかし、イグアス、ピラポ、いずれの移住地の皆さんも異口同音に「これから、どうこの草木塔を守っていくかが問題だ」とおっしゃる。草木塔は仕掛け人の私の想いを超えて、今、パラグアイの地にどっしりと腰を下ろし始めたのだと想いたい。

（二〇〇九年十二月）

年寄りの冷や水

前に書いたような気もするのだが、『光の子』掲載の原稿をまとめた拙著『学者もどきのつぶやき』をパラグアイに持ってきたのだが、皆あげてしまって、手元にないものだから確かめようがない。もし再掲だったら、健忘症に陥った一老人とお許しください。

大分前の話になるが、膝の事故からしばらくして膝関節の慢性的な痛みを覚えるようになって、教え子の整形外科医の診断を受け、彼の勧めでストレッチを始めた。膝は完治し、今は全く問題がない。老人は偏執狂的なところがあるようで、「良いものならもっとやれば」と腕立て伏せや腹筋も加えるようになり、一回のストレッチにかける時間が段々長くなり、現在は一回一時間である。

ところが、自信満々の私の足に最近異変が起こった。テレビで見たダイエット体操とかの真似をして、腰を深く沈めて足を前後に開く運動をした事がきっかけだったと思うが、左大腿に痛みが現れ、増悪していった。抗炎症剤を含んだ湿布などでごまかし、痛い足を引きずりながら何とかテニスもしたりしていたが、事はそう簡単には済まなくなった。

ある暑い日にテニスをしたところ、翌々日から、痛みがひどくなり、夜も眠れない状態に陥ってしまった。日本から持ってきている強い抗炎症剤の座薬を使うと少しは良くなるものの、立って歩きだすと痛みはひどくなる。困った事に、激痛の走った翌日に、友人たちとパラグアイのチャコ地方というところに旅行する約束をしていた。私一人のために旅行を中止する訳にもいかず、「ままよ」と大量の座薬を携えての参加となった。

不思議な事に（いやしくも医師免許証を持っている人間がこんな言葉を使ってはいけないのだが）、座位ではほとんど痛みがなくなるので、自動車による移動は平気であったが、施設の見学などのために歩きだすと、二〇メートルも歩かないうちに痛みが強くなり、そこいら辺にある椅子にへたり込んでしまい、友人たちが見学から帰ってくるのを待つような事態になってしまった。

こんな訳で散々な旅行であったが、帰宅してGoogleで調べてみると（こんな事も医師免許証保持者はしてはならないのだが）、症状が「脊柱管狭窄症」に似ている。Googleには「自然に治癒する事はなく、次第に症状は悪化していく」と書かれている。

実は私の兄がこの病気に罹患し、今、難行、苦行を強いられているのである。その時、兄の痛みが私に移ってきて、兄の苦しみが和らぐのなら引き受けなければなるまいと真面目に思った。何しろ、長い事親代わりをしてもらい、苦労をかけてきた事もあり、苦しむ様を遠くで見ているのはとても辛いものである。そうはいっても、これから続くだろう自分の足の痛みの事を想うと、憂鬱な気分に陥らざるを得なかったのも事実である。

ＭＲＩの写真の結果から、パラグアイの医師は、少なくとも脊柱管狭窄症や椎間板ヘルニアではないと言う。

症状は少しずつ軽減してきて、医師の診断の正しさを指し示しているようであるが、疑い深い私はＭＲＩの写真をＣＤにコピーしてもらい、脊椎の整形外科を専門としている日本の教え子に送って、診断を待った。

その結果がメールで昨日来た。診断はパラグアイの医師と同じで、恐らく無理なストレッチをした時に、いわゆる肉離れを起こし、それが原因で坐骨神経を圧迫したのだろうという事であった。年寄りの冷や水といった所であろうか。

自分の病気の事はこれで安心したが、また兄の事を想う時、心は晴れない。どうも、神様は不公平のように思えてならない。同じように不摂生を繰り返してきた二人なのに、どうして兄だけがこんなにも苦しめられなければならないのか。当面私が考え得る事は、今の自分が出来る事を、自分のためだけではなく、他人のためにも精いっぱいやっていく事が、兄の恩に報いる事になるのではないかといった事だけである。

（二〇一〇年一月）

メノニータのコロニー

前項で、足の痛みをこらえて、パラグアイのチャコ地方というところに旅行に出掛けた事を記した。実は、無理をして参加したのは、何人かのパラグアイ人にチャコは一回見ておいた方がよいと言われていたからでもある。

チャコ地方はパラグアイ全土の半分近くを占め、この国の北部に位置する地域であるが、夏は気温が五十度を超す事もあり、降雨量も極めて少ない不毛地帯である。ここに、キリスト教の一派であるメノニータの人たちがコロニーを築いたのは一九二七年である。なぜこのような不毛地帯にコロニーを作ろうとしたか疑問に思うだろうが、私たちにメノニータの事を説明してくれたコロニーの広報を担当している人の話によると、実は、一九二一年に先発隊が来て、調査をしていたのだが、皮肉な事にこの年は珍しく降雨量も多く、気温も高くなく、ここが緑の大地と見えたらしい。ところが翌年からは、チャコはまさに灼熱の大地となり、その時から彼らの苦難の日々が始まり、疫病なども加わり、多くの移住者が犠牲になったとの事である。

さて、メノニータの事である。ご存じの方も多いと思うが、メノニータは十六世紀の宗教改革の時に生まれた福音伝道派の一集団であり、幼児洗礼の否定と兵役の拒否を基本教義としている。メノニータという言葉はカトリックの神父としての職を棄て、この集団のリーダーとなった「メノ・シモンズ」に由来している。彼らはコロニーを作り、集団生活をしている。その急進的な生活様式や兵役拒否などの理由から、時の政府、カトリック教会、そして他のプロテスタント教会から迫害を受け、それを避けるべく、居住の地を転々と変えなければならなかった。

現在、チャコ地方に居を構えているメノニータは九千人ほどであるが、驚いた事に、この人口で四〇万ヘクタールもの土地を耕している。メノニータの教義を理解しているわけでもないし、足を引きずりながらの短い訪問ではあったが、メノニータのコロニーの一つであるロープラタの街並み、そしてそこに住まう人々のたたずまいは、他のパラグアイの、いや日本のどことも違った様相を見せていた。

まず、街並みが美しい。街の中心街だけでなく、周囲の個人の住宅も含めて整理が行きとどいており、少し大袈裟に言えば、ちり一つ落ちていない感じである。いつか、それと知らずに他のメノニータの街を訪れたとしたら、そこがメノニータの街だと判断できそうな気がする。

同行の皆がメノニータが経営するスーパーマーケットに買い物に出掛けている間に、食堂で椅子に座りながら一人で聞いた前出のメノニータの広報担当者の話は興味深いものだった。コロニーの中で、お金は必要ないと彼は言う。完全な信用経済だから、いわば儲けの指標としてのお金はコロニーの中では要らないという訳である。計画経済だから、今回の世界的な不況の影響も全く受けなかったとも言った。美味しいアイスクリームを御馳走になりながら彼の話を聞いていた間中、二人の少女が窓の掃除をしていたが、そのかいがいしい働きぶりは、何かを信じて働いている人の美しさを私に教えてくれた。また、レストランで見たメノニータの家族の事は忘れ難い。祖父母、両親に五人の子どもたちという大家族だったが、子供たち全員が食事の間中、実に静かなのである。我が家の九人の孫たちの事を思い起こしてみても、こんな風にはいかない。頂いたパンフレットによると、メノニータは子供の躾を大事にしているという事である。

しかし、メノニータにも悩みはあるようだ。長い間のいわば近親者同士の結婚の繰り返しのためか、心の病の比率が高いらしく、最近では、他のメノニータのコロニーの人たちとの結婚を推奨しているようである。

いずれにしても、気温五十度を超す灼熱の大地に雄々しく生きている彼らを垣間見て、信じる人間の凄さを感じさせられた二日間の旅であった。

（二〇一〇年三月）

妻の受傷

その日付は、もう大分経った今でも覚えている。それは二〇〇九年十一月十八日に起こった。午前八時三十分、ベッドで仮眠をとっていた私は、サイドテーブルの上にある電話の音で起こされた。老人性睡眠障害で寝起きする時間がてんでんばらばらであり、その日は午前三時に起床した。そんな時は研究所に出かける頃になると、眠気が襲ってきて、出掛ける前に二十〜三十分間仮眠をとる。電話は妻の用事だった。その事を伝えにリビングルームに行った。妻の姿は見えず、キッチンのカウンターの蔭から彼女の声がする。行ってみると、彼女は倒れたまま呻いている。転んで腰を強打し、動けなくなったという。何と転んだ理由が、私が床に放っておいたオレンジを入れたナイロンのネットの上で滑って転んだのだと言う。実は、その日午前三時に起床した私は、所在なさに冷蔵庫の前に置かれたオレンジが半分ほど残っているネットからオレンジを取り出し、無理やり冷蔵庫に押し込む作業をした。パラグアイのオレンジは安くておいしいのだが、一つの欠点は、冷房の入った部屋ででも、放置するとすぐに傷んでしまう事である。それを知っている妻は、買ってきたオレンジを冷蔵庫に保存しようとしたが、数が多過ぎて残ってしまっていたのを、私が無理に冷蔵庫に押し込んだという事になる。

その後の時間的な経過はよく記憶していない。事の順序としては、電話を掛けてきた奥さんが、すぐに駆けつけてきてくれて、保健師の資格を持つ彼女はあれこれと応急処置をした後にJICAの保健管理員の方を呼んでくれた。間もなく、日系の整形外科の医師が駆けつけてきてくれ、骨折の疑いの診断をしてくれた。この間、一応医師免許を持っている私はおろおろするばかりで、ただ皆の脇に突っ立っていた。救急車で彼女は病院に運ばれ、私はその後を医師の車に乗せてもらい、追走した。後の妻の話では、穴ぼこだらけの首都アスンシオンの道路を猛スピードで駆け抜ける救急車の中で、死ぬかと思うほどの痛みをこらえ続けたという事である。

X線検査の結果、大腿骨頸部骨折と診断された。山形大学の教え子の整形外科医に電話で聞いてみると、手術は出来るだけ早い方が良いという。ここではたと困ってしまった。日系の人たちの話では、手術のため入院したのはいいのだが、手術時の感染症で亡くなってしまった方が周囲に一人ならずいると言う。勝手なもので、発展途上国の援助に来ているのに、その国の医療は受けられないと思ってしまう。しかし、時間はない。手術を担当する予定の医師がやってきた。ダニエル先生といい、アスンシオン大学医学部の名誉教授である。大変助かったのは、流暢な英語を話し、全て英語で用が足りた事である。今思うと私は大変失礼な質問もした。「あなたの手術の感染症の合併率は何%か」。彼はむっとしたような顔をして「一%以下だ」と答えた。

決め手は妻の言葉であった。「私はパラグアイに住んでいるのですから、ここで手術を受けます」。しかし、事は更に複雑で、どのような処置をするかは、JICAが契約している傷害保険会社の許可が必要であるという。教え子の整形外科医の話からして、次の日にも許可が下りないようだったら、自費での手術を考えたりしたが、翌日許可は下りた。十一月十九日、午後七時から手術は始まった。妻は「もし万が一手術で亡くなった時は、まず神父さんを呼んで、お祈りをしてもらってください」と私に言って手術室に入っていった。彼女はカトリック信者なのである。

今、この時の事を思い出して、落涙しながら原稿を書いている。気丈な女とは言え、異国で手術を受ける時、どんなにか心細かっただろうかと思うと、今、改めて胸が痛む。

（二〇一〇年六月）

続・妻の受傷

前項の続きである。予定の一時間三十分で手術は無事終了し、妻はひとまず生還した。それからの十日間の妻の入院生活の事は、断片的にしか記憶に残っていない。薄情なものである。ただいつまでも忘れる事ができないのは、その時に受けた人の情けである。入院した病院は、「アドベンティスタ」というキリスト教の一派が経営する病院で、入院食もベジタリアンフードなのである。初回は大豆蛋白のハンバーグもご愛嬌であるが、それが続くと、元気な人でもちょっと大変な感じである。ましてや、大手術の後である。ところが、二人の奥さんが、一週間ほど、付き添っている私の分も含めて、毎日、日本食の差し入れをしてくれたのである。二人はお互いに面識があった訳ではなく、示し合わせた訳でもないのに、一回もかち合う事もなく、それは続けられた。お二人の厚意を想うと、もう一人の方からも差し入れを受けているとも言えず（いまだに申し上げていない）、妻と二人で、どうかかち合わないようにと願っていたが、願いは通じたようであった。妻の体力回復にお二人の差し入れがどんなに役に立った事か、今でも頭は下がったままである。

手術は成功したというものの、手術を受けた妻の右足は、丸太んぼうのように膨れ上がり、皮下出血もただ事でない。後に来日した、担当だった日系整形外科医の後日談では、その時は正直心配したという。山形の料亭に彼を招待したのだが、妻が車椅子に座っていたらどうしようと考えながら部屋に入ってきたのだという。

JICAの方々にも大変親切にしていただいた。大きな在外JICA事務所には看護師か保健師が健康管理員として働いている。赴任したばかりの方だったが、一定期間はほとんどの時間を妻のお世話のために使わせてしまったように思う。彼女の計らいで、決まった任期よりも少し早く帰国する事ができた。術後一カ月と少ししか経っていなかったので、エコノミーのフライトは無理だという事で、ファーストクラスを用意していただいた。一瞬私は「怪我の功名だね」という言葉を思いついたが、とてもそんな事は言えずにいた。と、彼女の方から同じ言葉が出てきて、頷いてごまかした。

何もかにも上首尾にいっていたのだが、途次の米国の無謀な行為がそれを汚した。二年間住んだ後の引っ越しだから、残った人たちに多くの物を置いてきたのだが、荷物はやはり旅行ケース六個になった。過重の荷物の追加料金覚悟でパラグアイ空港に行ったのだが、何なく通過して「ラッキー」と二人で喜んだのだが、実はとんでもないアンラッキーだったのである。運悪しく、ちょうど飛行機爆破テロ未遂事件に鉢合わせしてしまい、米国の空港で、何の断りもなく、検査のために六個のうち四個の旅行ケースの鍵がスパナのようなもので壊されて、成田に到着した。米国は今、斜陽だと聞くが、こんな理不尽な事をしているようでは、国が壊れてしまうのもそう遠い事ではあるまいと思ったりしている。

さて、帰国してすぐに、大学の教え子の整形外科医の所に飛び込んだ。X線写真診断で、大腿骨頭置換術は成功裏に行われており、人工骨頭はキッチリと股関節に収まっているという。妻の受傷の犯人としては、まずは胸をなでおろした次第。妻の回復は早く、杖に頼る事もなく、一人で歩けるようになっている。ただ、長い距離を歩くと脚がむくみ、痛みを感じるようである。本人でない私はその辺の事情をつい忘れてしまいがちで、先日も勝手に旅行プランなどを立てて、「自分勝手だ」と怒られてしまった。

せめてもの罪滅ぼしにと、週二回のリハビリ通院の運転手を務め、一時間ほどかかるリハビリ中は、病院の待合室で本を読みながら待機するといった生活が、ここのところ続いている。でも、罪滅ぼしと言えば、それは長い、長い間、彼女に掛けて来た苦労に対するものであるような気もしている。

（二〇一〇年七月）

付記

この付記を書いている今から十三年前に妻は受傷したが、奇跡的な回復力を示し、老化に伴う筈の歩行力の低下も見せず、現在、元気に歩き回っている事をお伝えしたい。亭主の無理難題を受け止めながら――。

インターネットに迷い込んで

毎日が忙しい日曜日

早いもので、パラグアイから帰国して十カ月経った。定職はないから、毎日が日曜日である。しかし、やけに忙しい日曜日なのである。四月から始まって、昨日の講演で確か十四回目の講演になったはずである。人前で話す事は私の商売みたいなもので、以前なら講演の回数が多くても特段忙しいと感じる事もなかった。決められた時間に応じて、手元にあるスライドから適当なものを選び出し、それを話題に沿って並び替え、原稿なしで話して、制限時間ちょうどで終了する。それが話す職人としての誇りであった。

ところが、七十二歳ともなると事情が違うのである（とは言っても、老化には個人差があり、私のそれはかなり進行が早いらしいのだが）。人名などの固有名詞がなかなか口に出てこない事は、かなり以前からあった。しかし、今や固有名詞どころか、一般名詞も口から出てこなくて、話が途切れてしまう事もしばしばである。解決策として、講演で話す内容を、話の最初と最後の挨拶も含めて全部書き出す事にした。いわゆる原稿棒読みのプレゼンである。以前は私が最も軽蔑していたものである。しかし、上記のような事情ではそうするしか仕方がない。ところが、ありがたい事に、最近のパソコンは進んでいて、原稿を読んで話している事が、ほとんど聴衆に分からないような仕掛けをする事が出来るのである。どういう事かと言うと、パソコンを使ってプロジェクターからスクリーンに投影される映像は、スクリーン全体に映し出されるが、パソコン上にはスクリーンに示されている画像の隣に、そのスライドで話す原稿が示されるのである。つまり、スクリーンに映し出される像とパソコン上の像は違っているのである。ご丁寧に、話し始めてから経過した時間まで秒単位でパソコンに示してくれる。スライドの方を見ながら説明をするのに比べればちょっとぎこちないが、頭を垂れて原稿を読むのに比べたら数段格好がつく。

何の事はない。私は今、「毎日が忙しい日曜日」である理由をくどくどと説明しているのである。六十分から九十分かかる講演の原稿十四回分をパソコンに打ち込むには、莫大な時間がかかるのである。聴衆が毎回違っていれば、講演のタイトルだけ変えて、内容はそのままという事も出来ようが、聴衆が結構重なっているのである。「あの爺さんは、いつも同じ事を話しているなあ」と言われたくはない。毎回、違った内容の話をしようとすると、いきおい色々な話題に首を突っ込まなければならなくなる。曰く「無縁社会」、曰く「高齢者所在不明問題」、はたまた「環境教育」や「国際理解教育」――。

この一年で随分と勉強した。そして分かった事は、今、我が国はとんでもない方向に向かいつつあるという事実である。

「風呂の音がうるさい」とクレームをマンションの隣人から付けられた事が契機となって、クレームを付けられた人たちが署名を集め、「近隣住民間の生活音をめぐるトラブルを防止する条例」が、ある市で制定されたという。隣人を、自分に危害を加えるか否かだけでしか評価できないような利己的な人が増えてきているのである。故・筑紫哲也氏が言っていた「非寛容の時代」の到来である。

また、親の年金欲しさに親の死を隠し、ミイラにしてしまうという話はもっとうら悲しい。ミイラになる前に腐敗による猛烈な悪臭がするだろう。悪臭がしないように処置でもするのだろうか。そんな事をしてまで、お金のために親の死体と同居する子供の心を想うと、本当にいたたまれない。

「毎日が日曜日」の老人にも何か出来る事があるのではないかと真剣に考えている。


（二〇一〇年十二月）

今、この大震災に出会って

頭がぐらぐらするほどの揺れである。机の脚にしがみついた。苦しい。そこで眼が覚めた。地震の夢であった。3・11の大震災発生以前なら見る筈もない夢である。あの大地震からもう二カ月が過ぎた。しかし、私の中で東日本大震災は大きくなるばかりである。

自然は克服できる対象などではなく、人間は自然の懐に抱かれて生かされているのである。その事を改めて実感させられた。科学の粋を集めたはずの原発は、もろくも崩れ去り、地球を、そしてそこに住まう全てのものに障害を与えつつある。

自分自身を告発しているのだが、「自然を克服して、豊かな生活を作る」などという傲慢な考え方の行き着く先が原発であり、その結果としての原発事故による自然破壊である事を今、知るべきである。

世界で起こりつつある事を、常にしっかりと理解していなければならない事を知らされもした。友達が送ってくれた講演会のビデオから、広島の原爆で燃えたウランは八〇〇グラムであるのに、通常の原発一基が燃やすそれは年間二十一トンである事を教えられた。この事実をあらかじめ知っていたら、危険極まりないこんなものを、人々が許していたとは思えない。「知らなかった」では済まされないのである。

原発事故が出口の見えない状況にある一方、その行く先は途方もなく遠く、道のりは極めて難路続きではあるのだが、津波に飲み込まれた被災地の人たちの新たな歩みは雄々しく始まった。「天罰だ。津波で我欲を洗い落とすのだ」などという、さる政治家の不遜極まりない発言にもかかわらず、若者はボランティアとして被災地に足を運び、汗を流している。若者の助けに感謝する老人の姿もテレビに連日映し出されている。

私も何かしなければと思った。にわか覚えのフェイスブックの「友達の友達は皆友達だ」というシステムによる顔の見える人間のつながりにヒントを得て、フェイスブックを利用している人間集団による被災地の支援を思いついた。フェイスブックを利用して金を集めようという発想ではない。募金者が募金の使い道に全く関与できない、現在の募金システムの欠点を克服して、募金者が当事者としてプロジェクトに関わっていく新しいシステムを作れないかと思ったのである。募金によって行ったプロジェクトの進展を定期的にフェイスブック上に報告し、募金者はそれをチェックし、意見を述べる事によって、プロジェクトに参加していくのである。

十年、否二十年もかかると思われる被災地の復興を事実上担うのは、大きなショックに心を震わせている被災地の子供たちであり、この子供たちがしっかりした教育を受ける状況を作り出すのは大人の責任であるという発想に基づいて、被災地の子供の教育の支援を思い立ち、フェイスブックのシステムに乗せた子供支援プロジェクトを開始した。

支援の内容については、深く傷ついているに相違ない子供たちの心のケアに重点を置く事を当初から考えていた。一緒にプロジェクトに加わってくれる教育関係者の推薦を山形大学の地域教育文化学部の学部長にお願いしたところ、臨床心理学の先生をご紹介いただいた。六月十九日には、その先生と一緒に被災地の教育関係者の考えを伺いに、気仙沼市の教育委員会の方にお会いする予定である。この教育委員会の方を紹介してくれたのは、気仙沼市立病院の脳神経外科の医師で、被災後の医師配置のコーディネーターをしている教え子の成田徳雄君である。

このように、縁に恵まれながら、何とか初期の目的に到達したいと願う毎日である。年寄りの冷や水と言われないように、精々頑張りたい。

（二〇一一年六月）

付記　今回エッセイ集をまとめるために各エッセイを読み返してみると、東日本大震災に触発されて立ち上げたプロジェクトに関連した記事をたくさん書いている事に気付いたが、当事者であったが故もあって、意気込み過ぎて、日時などの事実関係の説明に欠けるところがある。プロジェクトがどのように進んでいったのかを説明しておかないと、読者は興奮気味の空回りの文章に閉口するに違いない。ここで具体的なプロジェクトの進行状況に触れておく。

大震災が発生した二〇一一年十二月に、フェイスブック（ＦＢ）を利用して、被災地の子供たちの支援を行う「子ども支援フェイスブックプロジェクト」を設立した。具体的には、ＦＢ上に子ども支援のプロジェクトを提案してもらい、それを基軸にして、参加メンバーが中心になって、種々のプロジェクトを実施した。

プロジェクト運営資金はＦＢを介した寄付の募集、補助金の申請によった。（寄付総額三百五十万円、補助金総額　九百万円）

実施プロジェクト

〔二〇一二年度活動〕

・ファーストライト（子供たちからの情報発信として、撮影カメラを渡し、被災地の現状を撮影してもらう）

・石巻study tour（津波で多くの小学生が死亡した大川小学校にバス見学を行う）

・マイ・デコヘルづくり（防災意識の育成の一環として、ヘルメットに絵を書いて、自分

の防災ヘルメットを作ってもらう）

・ママのためのお話会（福島から避難してきた家族とプロジェクト参加者との話し合いにより、避難生活の問題点を把握する）

〔二〇一三～二〇一六年度活動〕

・子供未来創生計画（助成金による活動が主）：子ども未来放送局（子供たちが興味を持ったものを撮影し、ビデオニュースにする）

・子ども未来白書（南東北の十～十九歳児を対象に意識調査のアンケートを実施、その結果を二冊の報告書にまとめ、学校等に広く配布する）

・子ども未来サミット（子供未来創生計画の事業全体の成果を子供たちが中心になって討論する）

〔二〇一一～二〇二二年度活動〕

・図書館への子供用図書の寄贈（子供たちに、本を読んで心の豊かな人になってもらう事を目標に、山形市などの図書館に子供用図書を寄贈する）

・プロジェクトの名称変更　二〇一三年、名称を「子ども未来教室」に変更した。

反省

振り返ってみると、ＦＢを舞台にして、子供支援のプロジェクトを立ち上げ、その運営もＦＢを通じて行うという先進的な取り組みは、種々の事業実績を上げる事は出来たが、全体として成功裏に進んできたとは言い難いと思う。しかし、二冊の子供たちのアンケートのまとめは、３・11大震災の子供支援活動に一つの足跡は残し得たのではないかと考えている。

3・11からのこの一年

「忙しい、忙しい」と言っている人の多くは、忙しくなるように自分を仕向けているのだとよくいわれるが、私もそうしているのかもしれない。3・11東日本大震災が起きて、原稿を書いている今日でちょうど一年が過ぎたが、何か無性に忙しかったという感慨だけが残り、何をしてきたか思い起こそうとしても、自分がしてきた具体的な事柄はなかなか思い出せない。もちろん老化による記憶喪失によるところも小さくはないが、シニアボランティアとして過ごしたパラグアイでの二年間の出来事は、今、結構時間を追って思い浮かべる事が出来るのである。

この一年間は夢中になって走ってきたので、自分のしてきた事を振り返る事が出来ないでいるという事のようでもある。以前『光の子』にも書いたが、3・11の大震災が起こった時、自分も何かしなければならないという想いにうながされて、覚えたてのフェイスブックを利用した「被災地の子ども支援プロジェクト」を立ち上げた。といっても、言い出したのは確かに私だが、インターネットに関する知識を駆使して、フェイスブック上にプロジェクト組織を作るといった作業が私に出来る筈もなく、元ＩＢＭの社員だった若手の山形大学教授とＩＴ関連の仕事の経営者でもある女性が、技術的な事は全て担当した。

こんな状況の中で、何も出来ない私が事に夢中になるというのも変な話であるが、気持ちの上では、何かに憑かれたような感じで、結果的にはプロジェクトの推進にはほとんど役に立たなかったのだが、せかせかと忙しく過ごしてきたのは事実である。私がプロジェクトで唯一誇れる（？）事といったら、会議が終わった後に、「まだ夕飯前でないの？」と酒席に若い人たちを誘い、彼らの労をねぎらった事ぐらいである。

ただ、ＩＴの渦中にいる若者たちは、ＩＴを対象化してものを考えるには、あまりにも対象に近づき過ぎていて、かえって困難であるようでもあり、よくＩＴが分かっていない私などの方が、ＩＴを対象化するのに適しているのかもしれない（これも、あくまでも、強がりであるのだが――）。

私たちが今、利用しているフェイスブックをはじめ、ツイッター、ミクシィなどのインターネットを用いて双方向の交信を行うSocial Networking Service（ＳＮＳ）は、今、若者を中心に急速に広まりつつある。友達とおしゃべりをするのには、またとない道具であるのだが、これを私たちのように、少しお堅い事に利用しようとすると、かなり不便な点がある事も分かってきたような気がしている。

なんと、何も知らない私なのに、フェイスブックを利用して、被災地の子供たちを支援する「子ども支援フェイスブックプロジェクト」を、SNSをお堅い事に利用するためのパイロットスタディの一つとして位置付けようなどと、若者たちにはっぱをかけたりするのだから、恐ろしいものである。

この一年間楽しい事もたくさんあった。このプロジェクトを通して、私には三十~四十歳も若い友人がいっぱい出来たのである。

どうか読者の皆さんも「子ども支援フェイスブックプロジェクト」で検索して、私たちのプロジェクトを覗いてみてください。そして、興味を持った方はどうぞ、プロジェクトに参加してください。

（二〇一二年四月）

フェイスブックって何だ？

前項でフェイスブックの事を書いたが、またまたフェイスブックの話である。前回のフェイスブックの説明と少し重なるが、事を整理するためにもう一回説明を試みる。

フェイスブックは七年前に当時ハーバード大学の学生だった、マーク・ザッカーバーグという青年が作り出した、インターネットを介して双方向性の交流が出来るシステムである。友人同士が近況を話し合ったり、イベントの開催を呼び掛けたり、多種多様な使い方が出来る。北アフリカの民主化運動、いわゆる「アラブの春」で、フェイスブックを使ってデモを呼び掛けた事が、新聞報道された事もあった。私たちもフェイスブックを利用して、被災地の子供支援のプロジェクトを展開している。

ところが、四月十九日朝のＮＨＫニュースに私は驚いてしまった。会社の人事課が新入社員採用の資料としてフェイスブックの情報を利用しているという話。「トレーニングをしていて、面接では、皆、同じ優等生の返事しかしないから、応募者の実像を見るためにフェイスブックを利用して、応募者がどんな人間か調べておく……」。この辺までは、「なるほど、会社も考えるもんだ……」といった感じ。

ところが、その先がある。就活セミナーでは、採用試験に合格するための、フェイスブックの利用法を教えるという。いかにして、フェイスブックで友達を増やすか云々。そして、就活中の学生は、その教えに従ってフェイスブックをうまく利用して、自分のイメージを作り上げる。そして、入社試験に合格した青年の一人が、テレビ画面に向かって「フェイスブックの有効な利用は、入社試験合格に大変役に立った」とおっしゃる……。

要するに、実情としては、フェイスブック上に会社が好むような偽りの自画像を作り上げて、それに会社の人事課の採用係の人たちが、まんまと引っかかったという話である。ここまで来て、私はぶっちぎれてしまった！「この国は腐っている！」なぜ私がぶっちぎれたか、それには訳がある。

今回の東日本大震災が起こった時のマスコミのいかにも恣意的な情報流布に憤慨し、マスコミ嫌いになっていた私の前に現れたのがフェイスブックであった。実名で、しかも基本的には自分の写真を載せて相手と語り合うシステムに、我が国を再生させる何かを求めようとした。フェイスブックを利用して革命を起こした「アラブの春」をなぞるなどというおおそれた話ではないが、どうにもならない我が国の政治状況を人々の声で変えるための一つのtool（方法）

になり得るのではないかと思ったりしていたのである。

そんな折にＮＨＫのニュースが流れて、日頃、抑制心を失いがちな老人の心は爆発してしまい、フェイスブック上で長々と苦言を呈した。

ところが、運悪くというか、フェイスブックによく投稿する方が、「就活のためのフェイスブックセミナー」を山形で実際に開催していたらしく、フェイスブック上で、彼から猛烈な反撃を受ける羽目になってしまった。

今でも、フェイスブックに書いた事は間違っていないとは思っている。しかし、よく考えてみると、フェイスブックが聖地である訳もなく、利潤を生み出すためには、法に触れない事なら、いかなる手段も辞さないという資本主義社会の原則から、このシステムも逃れる事などできるはずもないのである。

フェイスブックでの年甲斐もない戦いに疲労感を覚えているが、しつこい事を旨とする老人にしてみれば、おめおめと引き下がる訳にはいかない。私は今、自分たちの力で、フェイスブックの素晴らしい利用法の樹立を目指す事が、この戦いの本筋であると考えている。

（二〇一二年六月）

インターネット狂い

フェイスブックを利用して東日本大震災の被災地の子供たちを支援するプロジェクトを立ち上げた事は、以前『光の子』でも触れた。

テレビや新聞のように、大きな企業体が多人数の人たちに情報を提供するシステムをマスメディアと言う事はご存じだと思うが、一方、フェイスブックやツイッターのように、インターネットを利用して個人同士が情報を交換するシステムをソーシャルメディアと言い、種々の分野での利用の拡大が速いスピードで起こっている。この際の「ソーシャル」は和訳すると、「社交」の意味で、確かに、フェイスブックの立ち上げは、インターネットを利用した、ハーバード大学学生の写真入り名簿の作成として始まっており、学生たちの社交のために作られたものである。

しかし、ソーシャルメディアは、最近では社交だけではなく、種々の目的に利用されるようになってきている。私たちのプロジェクトにしてからが、フェイスブック上で交換された各人の意見をベースにして、被災地の子供たちの支援を実施する事を目的にしている訳で、社交が目的ではない。

最近目立つのは、ビジネスへの利用である。商品のマーケティング（販売促進）をテレビや新聞などのマスメディアでの広告に頼るだけでなく、顧客の意見をソーシャルメディアを介して取り入れ、それをマーケティングに利用する取り組みが、インターネット先進国のアメリカ等で盛んに行われており、我が国でも、ユニクロなどの先進的な企業が利用し始めている。

ソーシャルメディアがビジネスに利用される事に否を唱えるものではないが、自分たちのプロジェクトでのフェイスブックの利用などから考えると、ビジネスだけではなく、利益を追求しないいわゆるNPOなどでの、このメディアの利用がもっとあっていいと思う。

という事で、ソーシャルメディアがNPOやボランティア活動等でどれくらい利用されているのかをインターネット上で調べ始めた。事はそんなに簡単ではない。情報量の圧倒的に多いアメリカでの状況を知らなければ話にならない。と言っても、言葉の壁はとても高い。電子辞書と首っ引きである。さらに大変な点は、言葉通り無数にあるインターネット情報の中から、どうやって自分の欲しい情報を選び出すか。四苦八苦しているうちに、そのような宝探しのような行為を〝curation〟と言い、そのような事をする人を〝curator〟（目利き）と呼び、そもそもは美術館の学芸員を指す言葉に由来する事が分かった。学芸員は、世界にいっぱいある美術品の中からテーマに合ったものを選び出して展覧会を開催するが、インターネット上での「物事探し」もこれに似ているという訳である。

四苦八苦以上の苦難の後に、curation を手伝うサイトを見つけ、そこに「social media x NPO or x voluntary」と入れてみた。確かに、幾つもの項目が掲示された。あとは、ゆっくり検索していけば、自分が求めていた情報に行き着くだろう。ところがである。いくら進んでもそこに行き着かないのである。どういう事かと言うと、ソーシャルメディアをNPOやボランティア活動にどう役立てるかという問いに対する答えをいくらめくってみても、「寄付をいっぱい集める方法教えます」とか、「集会に多くの参加者が来るようにするにはどうするか」といった答えばかりで、まさにNPOビジネス、ボランティアビジネスの世界なのである。

私はそんな答えを求めているのではない。皆が集まってNPO活動をする時に、個人と個人を結び付けるソーシャルメディアが潤滑油として作用し、活動をより深化させる大事な役割をする可能性はないのか、そういった実例はないのかを知りたいのである。

もう数カ月の間、闇そのものである。私の curation が未熟なのか、そもそもこの資本主義社会の中で、ソーシャルメディアに私が考えているような事を期待するのが無理なのか、いずれにしても、私はインターネット狂いの真っただ中にまだいる。

（二〇一二年十二月）

「子ども支援フェイスブックプロジェクト」から「子ども未来教室」へ

フェイスブック（FB）を利用して東日本大震災被災地の子供たちの支援を行っている「子ども支援フェイスブックプロジェクト」の事については、これまでも何回か触れてきた。今回、もう一度この事について語るために、新設なった「光の子どもの家」のホームページ内の『光の子』アーカイブで、大震災以来の自分の投稿内容について調べてみた。

検索の目的は、これまでの投稿内容と今回の記事の重なりを防ぐという事であったが、その事とは関係なく、震災以来、いかに私がインターネットにのめり込み、ある意味でそれに弄ばれてきたか、『光の子』へのインターネットに関する投稿の多さを見て驚いた。

今、思い返してみると、北大時代の同級生から聞きかじったばかりのFBを募金に利用しようと思って事を始めたのだった。しかし、FBと付き合えば付き合うほど、これが難物である事を気付かされていく羽目になった。

当初皆で行き着いたプランは、被災地の子供支援のプロジェクトをFB上に提案してもらい、

FBの中で討論して、その討論に基づいてプロジェクトを実施していくという、ソーシャルメディアの利用による社会貢献の模範のような感じの取り組みではあった。

確かに、FB上に子供支援の提案はあったし、またその一つが基軸となって現在の会の方向性が決まっていった事から考えると、FB利用に全く意味がなかったという事はない。しかし、提案に基づくFB上での討論となると、反省の意味を込めて言えば、それは画餅だった。辺りを見回してみると、匿名が許されているツイッターでは、断片的ながら議論らしいものが展開されているが、原則顔見せのFBでは、真面目な議論に御目にかかる事はごく稀である。なぜこういう事になるのか、私はインターネットに関する本を片っ端から買って読んだ。その副産物が『光の子』へのインターネットについての度重なる投稿となった次第なのである。色々と当たってみて、FB上であまり議論が沸かないというのは、どうも我が国の特徴で、アメリカなどでは、結構大真面目にFB上で大議論（しかも、positiveな意見が多い）が展開されている事が分かった。

以上の事実の原因としては、「日本人論」などとの関係で色々分かりそうだが、ここではそれはおいておくとして、前記のように、FBの（少なくとも私の考えた）意義を生かし切れていないとすれば、プロジェクトに「フェイスブックプロジェクト」と名付けるのはおこがましいと、かなり前から思うようになった。また、そもそも、FBという一私企業の名前をプロジェクト名に使うのも良くない。

一方、名前云々とは別に、このプロジェクトが、なかなか私が思ったようには進行せず、正直いってストレスの元になってしまった。何しろ私と他の構成員の年が二十五歳以上離れているのである。いつも私が恫喝してやっと事が進んできたのが実情であった。

という事情で、現在のプロジェクトの名前を新しいものに変えて、出発し直そうという事になった。皆で種々知恵を出して考えた会の新しい名称が「子ども未来教室」である。すっきりしていて実に良い。この機会に会から手を引こうかと思った。名前も変わった事だし、御役目も果たしたのではないか。ただ、始める時に多額の寄付を頂いた方々に何も知らせずに辞めてしまうのは、義理を欠くなあ——。まあ、様子を見てみるか——。

ところがである。名前が「子ども未来教室」に変わった途端、メンバー全員が怒濤のように動き出したのである。私が恫喝する必要など全くない。むしろ、私が置いて行かれそうである。「む、これは何だ?」。少し頭を冷やして考えてみる。要するに、私が皆を引っ張ってきた感じのプロジェクトから、彼らが名前を考え出して全員の力でけん引していくプロジェクトへ変わった事、その効果はかくも大きいという事か。何か力が抜けてしまった感じではある。

しかし、「老兵は死にも、消えもしないぞ」と力む、もうすぐ七十七歳の老人である。

（二〇一五年七月）

老人性イライラ病？

七十七歳の老人にしては忙し過ぎるのが良くないのかもしれない。強制された訳でもないのに、簡単に事を引き受けてしまう。妻には「引き受け過ぎだ」とよく言われている。

秋田県出身なのに、なぜか高校は仙台なのだが、その高校の同窓会の山形支部長を依頼された時の事はよく記憶している。医学部出身の同窓会長が職場にわざわざお出でになり、「何とか」という話。他の人にも頼んだが、断られたとの事、「とにかく何とかしましょう」とその場を収めた。ある銀行の頭取に支部長を依頼する腹づもりであった。つてを頼って頭取に会って話したところ、固辞され、「事務局はうちでやりますから」と押し切られた。全ての事を銀行の秘書室がやってくれて、私のやる事は、支部会の日時を二つの候補日から選ぶ事と、当日、会で挨拶をする事だけである。誠にありがたい。

しかし、こんな例はめったにある訳ではない。事がスムーズに進んでいる時は問題がないが、いったんトラブルが発生した場合には、代表を引き受けた本人としては最後まで行き先を見届けなければならなくなる。

以前に書いたかもしれないが、3・11東日本大震災の際に、フェイスブックを舞台にして被災地の子供たちを支援するプロジェクトを立ち上げた。当初立案した方向とは随分ずれ込んだプロジェクトになったが、「被災地の子供の声を震災の復興に生かせないか」というフェイスブック上の提案が基軸となって、それなりに特徴的な取り組みを展開してきたと思う。

ところが、私がある国会議員の後援会長を引き受けた頃から事態は変化していった。政治活動をしている人間はＮＰＯの役員は出来ないという事で、私が代表から降り、若い人が代表になったが、その人は他にもたくさん仕事を抱えていた事もあり、プロジェクトの活動は次第に休眠状態に陥っていった。

そこまでなら私も黙認できたが、東北地方の中高生一七〇〇名に書いてもらったアンケート結果が塩漬けにされたまま、公表されずに時が過ぎていった時は、私はとても辛い日々を過ごした。自己中心的と言われるかもしれないが、まず、こんな事では、プロジェクトを立ち上げる時に多額の支援をしてくれた大学の教え子たちにとても申し開きができないと思った。アンケートに答えてくれた一七〇〇名の中高生やデータの打ち込みに協力してくれた多くのボランティアたちの事が思い起こされ、頭の中はグルグルと回った。そして、ある時、「これは老骨に鞭打っても、俺がやらなければ駄目だ」と心に決め、アンケート結果のまとめの仕事に取り掛かった。

幸いな事に、私の不得意科目のコンピュータ処理部分を全面的にカバーしてくれる会員の協力で事は進んでいったが、元データの不備が分かり、ある時点から仕事が滞り始め、今その真っ最中にある。プロジェクトを中心的な立場で企画・実施したが、途中で投げ出してしまった(ように私には見えた)、私に代わって代表を務めていた人を、彼にだけしか分からないやり方によってではあるが、口汚く罵り始めた。彼からは、何の反応もない状態が続き、私のイライラは募っていった。今ようやく糸口が見つかりそうになったから、この文章を書く余裕が出来たともいえる。

ふと気が付いたのは、自分が政治家の後援会長などを引き受けるから、事は妙な展開を始めたという事である。別に後援会長を引き受けた話をそんなに悔いている訳ではないが、このような事態になる事くらい、初めに予見出来なければならなかったのだと思う事しきり。

自分の生がいつ終焉を迎えるのかは知る由もないが、体力や知力が衰えていく速度を増している実感はあり、「終わり」「end」といった言葉を頭に置きながら、今何をしなければならないかを考えて日々を送るようになった。

とはいえ、turning pointで、よく考えもせずに事を進めて、痛い目に遭っているようでは、イライラ、あたふたと生の終わりを迎える事だけは確かなようだ。

（二〇一六年七月）

日常生活、その難儀な事ども

事は、東京に出掛ける旅の途次で起こった。

財布にあまり現金が入っていなかったので、山形駅の一階にあるATMで引き出そうと思い、長い事使っていなかった銀行のカードを使おうとした。暗証番号をATMに入力して、事を始めようとしたところ、暗証番号が違っているという表示。

一回やったところで止めればよかったのに、慌てて二度、三度とやってしまった。「このATMでは取り扱いできませんので、銀行に直接行ってください」という表示が出てしまい、万事休すである。要するに、カードの暗証番号を記憶違いしていたのである。学長をしていた時、出張旅費などの振り込みに新しい通帳が必要だという事で作った通帳を、学長を辞めた後も保持していた。学長秘書に通帳の全ての処理をしてもらっていたので、実際に自分でカードを使って現金を引き出した事はなかった。暗証番号は紙に書いたものをもらった記憶があり、その時点では、番号も覚えていたはずである。

しかし、この一連の事柄が頭の中に記憶としては入っていなかったのである。その時に使った番号は、妻が管理している自宅の通帳の番号だったのだ。「困った時の奥様頼み」とばかりに妻に電話した。「発車時間が迫っているから、現金は持って行ってやれない。別のカードで現金化出来るから」との話。でももうカードでの引き出しは嫌である。先ほどのトラブルがトラウマになって、妻に言われたキャッシュカードの暗証番号も怪しくなってきた。

その時の東京への旅はケチって何とかやりおおせたが、銀行の通帳を作り直して、新しいカードを作らなければばらちがあかない。その事がまた一人で出来ない。妻に銀行へ連れて行ってもらって、本人が暗証番号を決めなければならないと言われ、誕生日を暗証番号にしたら、銀行員に見破られ、またまた困ってしまう次第。

妻は「あなたが一人になった時に、一人で出来なければ困るから」と私の教育に乗り出し、郵便為替とか銀行振り込みのやり方などを現場指導しようとするが、なかなか上首尾にいかない。大体が、郵便為替の自動振り込み機などは、複雑な過程がたくさんあり、また現金を入れるとすぐに蓋が閉まり、ドキドキする事おびただしいのである。

最近は妻の指導よろしきを得て、ATMから銀行のカードを使って間違いなく現金を引き出す事は出来るようになったが、妻に咎められる事もなく、現金を手にする事ができるようになったので、やたらと無駄使いするようになり、一応、私の私用とされている通帳の残金は急速に減っていき、青くなっている始末。

パラグアイでのシニアボランティアを終えて帰国して、以前のように月曜から金曜まで、決まった時間に出掛ける必要はなくなり、いわゆる自由人になった（その分、お金は不自由になったが）事で、生活パターンが以前とは異なり、家にいる時間が大幅に増えた。ここら辺でちょっと自慢げに言わせてもらえば、この私とて、随分家でする事が増えた。まず、朝食を作るのは私の役目である。朝食といっても、レモンを一個分加えた野菜ジュース、バターを塗ったトーストとインスタントコーヒーを用いたカフェオレだけの簡単なものではあるが——。ゴミ投げも私の役割だし、妻がパッチワークの会で留守にしている時の生協から届く食品の受け取り等々、結構忙しいのである。

とはいうものの、側で見ていると、主婦のやらなければならない家事労働の負担の大きさに、正直いって驚かされている。この家事労働に対する報酬という概念をしっかりと考えの中に入れ込んだ社会制度を構築しなければ、虚構を上塗りする形の新制度になりかねないと思ったりしている。

当分は豊かな時間を利用して、本を読み、インターネットの情報を把握しながら、我が国のこの閉塞状況が何とかならないのかを考えていきたいと思っている。もちろん、生活者としての腕も磨きながら。

（二〇一一年五月）

兄の死去

五月十四日、兄が亡くなった。

私が大学二年の時に父が死去した事もあり、親以上に世話になった兄であつた。

実家が四代続いた医者の家だった事もあり、兄は父の死去を受けて、医学部終了後、間もなく開業医を継がなければならない状況に追い込まれた。医師の研修を十分受ける余裕もなく、秋田の実家に帰って、一家を支えなければならなくなった事は、とても辛いものであったと思う。しかし、利かん気の兄はその障碍を乗り越えて立派な臨床医になった。

彼に感謝しなければならない最大の事は、学生結婚し、次々に子供を作った私に、六十歳になるまで、経済的な支援を続けてくれた事である。同棲していた時に、兄にその事を告げる手紙を出すと、「そんな事では相手の人がかわいそうだろう」と返事がきて、札幌の彼女（現在の妻）の実家まで出向いてくれ、彼女の両親に、二人の事を認めてくれるように話を進めてくれた。

旧制中学時代にバスケットボールをしていた兄は、医院を開業後、近郊の女子高校のバスケット部のサポートにのめり込み、三十年近く、十人近いバスケット部員を常に下宿させていた。何でもバリバリとやる男だったが、母親は怖かったらしく、最初に彼女らを下宿させる時に、母親の留守を狙って事を起こした。帰ってきた母親は案の定怒って、「煮た味噌では足らないし——」などと言った。その頃は、一年間に食する味噌を自宅で用意していた。兄は行き場を失い、「別に女を囲った訳でもないのに、そんなに怒らなくとも」と言ってしまった。その後の母の怒りようといったら、側で聞いていた私にも兄が気の毒に思えるほどであった。

こんなほほえましい事だけではなく、兄は結構難儀な事にも出合った。私は今でも兄に非はなかったと思っているのだが、彼はトラブルに巻き込まれて、二年間の医業停止という処分を受けた事がある。再開した時に備えて、働く場所を失った従業員の主な人たちに、二年間給料を払い続けた。そして、なんと無報酬の彼から、私はこの間も経済的な援助を受け続けたのである。けだし、恥知らずではある。医業を再開した時、多くの患者さんが押し掛け、側で見ていた私もとても嬉しかった。

死期が近づいた時、彼の話す事は良く聞き取れなくなった。ある時、懸命になって彼が何かを訴え続けていた。私には彼の言っている事は全く分からなかったが、兄の介護をし続けてきた人々には何とか分かるらしく、「入場券」と聞こえたようだ。苦労の末に周囲の人たちが了解した事は、送られてきている大相撲の入場券を自分は使う事が出来ないから、私に代わりに行ってきたらどうかという、私に対する気遣いであった。十分に表現する術を失った男が示す気遣いを見て、無性に泣けた。容態がおもわしくないという事で、四、五日間秋田の実家に詰めていたが、実は五月十五日に私は講演を引き受けていたので、講演の準備もあり、十三日に秋田から山形に一時帰ったところ、十四日に兄は逝ってしまい、臨終に居合わせる事はできなかった。

この間に不思議な事が起こった。山形に一時帰宅した時に、講演の時に使用するパソコンが入っていた鞄を紛失している事に気付いた。仕方なく、久しぶりに紙に箇条書きしたレジュメを使って二時間の講演を終えた。しかし、講演を何とか切り抜けたとはいえ、その講演の話だけではなく、私の知的財産は全てそのパソコンに入っていたのである。

しかし、しかしである。十五日に講演を終え、秋田にとんぼ帰りした時に、ホテルから出発しようと車のトランクを開けた時に、その鞄が見つかったのである。私は粗雑で、探し物は苦手だが、妻は「刑事コジャック」と私に言われるほど、探索好きである。その彼女が懸命に探しても見つからなかったのに、忽然と現れたのである。色々解釈はつくのだが、やはり神隠しのように思えてならない。兄は死期になぜパソコンの入った鞄を私の前から隠したのか、いまだに私は分からずにいる。

（二〇一一年十一月）

パラグアイ日系移住者の「聞き書き」へ向けて

まだシニアボランティアとしてパラグアイに滞在していた時の話に戻る。

私にとっては最初となるパークゴルフ大会へ招待された。日系パラグアイ老人クラブ連合会の主催によるものである。皆さん上手で、とても歯が立たなかった。しかし、話はパークゴルフの事ではない。その時に一緒にコースを回った八十歳を超えた一人の老人の事である。

ゴルフを終えて、クラブハウスのベランダで、缶ビールを傾けながら話していた時、彼は、移住地での苦労話を淡々と語った後に、フフっと笑って「でもパラグアイに来たから、今生きていられるんだよね」と言った。彼は戦前の移住者で、昭和十一年、まさに日本が中国との戦争を始めようとしていた頃にパラグアイに移住したが、彼の田舎の小学校の同級生の多くは第二次世界大戦に従軍し、戦死したという事であった。

この話は長く脳裏に残った。稀有な人生を生き抜いてきたこの人の話の続きをもう少し聞いてみたかった。また、彼だけでなく、私たちには想像もつかない経験をしてきただろう日系移住者、特に一世の方々にインタビューし、できれば、それを「聞き書き」として本にまとめてみたいと思った。

この八月、二週間の予定でまたパラグアイを訪問した。老人たちへのインタビューが主たる訪問の理由であったが、有名なイグアスの滝のごく近くにある、イグアス移住地の入植五十周年記念式典に出席すべく、その開催日に合わせた日程を組んでのパラグアイ訪問で、今回が十五回目の訪パとなった。

また聞きと直接伺うのでは大違いで、大袈裟な表現で失礼なのだが、魂を揺さぶられる話をたくさん聞く事が出来た。一緒に聞き書きの仕事を始め、フェイスブックに「パラグアイ移住地聞き書きグループ」を立ち上げた六人の友人には申し訳ないが、本など出来なくても、私にとっては、もうこれで十分意味はあったと思ったほどであった。

最初に伺ったのは、関実五郎さん・淳子さんという方のお家で、初めて耳にした話も多く、心に残るお話をたくさん聞く事が出来た。何と二〇年前、一九九〇年まで、その移住地では電気も水道もない生活だったとの事。夜は、子供たちは一人一人カンテラの明かりで勉強して、朝起きると鼻の穴は真っ黒で、まつ毛に煤が付いていたという話や、母親が月夜に月を眺めながら、乳飲み子を抱えて泣いていたといった話は今でも忘れられない。そして、前述した、私がパークゴルフで出会い、もう一度話を聞きたいと思っていたご老人は、この家のご主人の叔父さんで、昨年亡くなったという事であった。

こうした苦労話の一方で、現在の日系移住地の大規模農業の実態には、驚かされるばかりであった。我々の背丈の三～四倍もある大型コンバインを前に、「この機械はかなり高額ではあるが、その作業効率を考えると、数年で元が取れる計算になるので、購入に踏み切った」という移住地きっての成功者の話は、五十年前に原始林を切り開いて開墾を始めた人たちからのつながりとして想いを巡らす事はかなり難しかった。

十二日間で二十一人と一グループのインタビューを終えた。聞き書きグループの編集担当チーフのNさんが各録音時間を記載してくれたものを総計してみると、総計約三十二時間となり、我ながら頑張ったものだと思う。

三十六時間のフライトで帰国した翌日、勤務している特別養護老人ホームの仕事に出掛け、その次の日はテニス、夜は医学部柔道部の飲み会、その次の日はまたテニスと、まさに不死身の状態（とその時は思った）。

ところが、帰国後数日から咳が始まり、なんとそれは一カ月以上も続き、いつも掛かっている医師は、「これはちょっとおかしい」と、大学附属病院の呼吸器内科に紹介。呼吸器機能検査の結果、喘息様病変という事になり、ステロイド吸入で治りはしたが、「年寄のくせにあまりいい気になるな」と咎められた気がしている。

（二〇一一年十二月）

佳き日々

佳き日々の始まりは十一月三日に開催された「光の子どもの家」の感謝祭の日から始まった。3・11以来、鬱々とした日々が続いていた。一部のマスコミによる変節した震災報道に対する憤りと、自分たちが始めようとしている、フェイスブックを利用した被災地の子供支援プロジェクトの進行が遅れている事の焦りなどが、渦巻いていた。

しかし、辛い事の連続だけでは人間は生きていく事が出来ないのかもしれない。辛い時、人は嬉しい事を見つけようとするようだ。今回の佳き日々を私が探していたとは思いたくないのだが――。

感謝祭の後の子供たちとの食事会の後、板の間に車座になって色々な話が出た。困難な問題を抱えているこの施設についての菅原理事長を中心にした苦渋に満ちた議論が続いている時、正座をしたままで、芹沢俊介氏が話し始めた時の事を今でも記憶している。「困難な状況に立ち至った時には、理念に戻って考え直さなければならない」「倫理性をあまり追求し過ぎると、施設は成り立ちゆかない」。そして彼はかなり強い口調で、言葉の力について、ご自分の仕事に触れながら、述べられた。菅原君と私は少し酒が入っていたが、芹沢氏はしらふであった。飲んだ酒が醒めて行く感じを覚えた。人が真摯に事を成す姿の美しさに引きつけられたのだ。そしてまた、人に会って話を聞く事の大切さを知った。私は芹沢氏の良い読者ではないが、よしんば良い読者であったとしても、あの日に彼から受けた強い全体像を著書の中からだけでは、引き出す事は不可能だったであろうと思うから。帰りの電車の中で、久しぶりに感謝祭に参加した妻と、この日の感激を語り合いながら「佳い日だったね」とうなずき合った。

間もなく佳き日はまたやって来た。前述のフェイスブックを利用した被災地の子供の支援の事だが、山形大学学長記者会見でプロジェクトの内容を発表させていただいてから、マスコミの取材が多くなった。その日も、自宅で日経新聞社山形支局の支局長の取材を受けた。丁寧な取材で時間がかかったが、取材が終わった後の談笑で伺った彼のお兄さんの話には、驚いてしまった。

大学を卒業した時に、お兄さんはご両親に頭を下げて以下のように言ったという。「私たちのように美味しいものを食べて生きている人間は世界中で十%しかいない。飢えている人たちが九十%もいるのに、日本でのうのうと生活している訳にはいかない。これが今生の別れになると思うが許していただきたい」

お兄さんが出国して三十五年経つが、支局長はいまだにお兄さんに会っていないという。ある時、お兄さんから「体の調子が悪く療養している」という連絡が入り、ご両親は、とる物もとりあえず、お兄さんがその時、滞在していたアルゼンチンに出掛けて行った。お兄さんは山奥に入って貧しい人たちと一緒に生活していたのだから、本来なら、ご両親はお兄さんに会える筈もなかったのだが、偶然にもお兄さんの写真展がブエノスアイレスで開催されており、そのつてでお会い出来たとの事である。そして、お兄さんに会ってから間もなくお父さんは他界されたという事だった。

小説に出てきそうな話が、自分の周囲にいた人の口から語られた事に驚きもしたが、そんな純粋な人が実際いるのだという事を知り得て、とても嬉しかった。

佳き日は一週間も経たずにまたやって来た。山形県の庄内地方で医院を開業している教え子の佐藤剛さん夫婦が、庄内の新鮮な魚をたくさん抱えて寄ってくれた。彼の話を聞いていると、言葉通りに心が洗われる。彼の純粋さも相当なもので、いつか、私がよく訪問していた南米のパラグアイの話をしていたら、私の妻も一緒に行った方がいいと、妻の渡航費用にと大変な額の小切手を送ってきてくれた事を思い出したりした。でも、正直に申し上げると、三番目の佳き日は、彼から頂いた美味しい庄内の魚によるところも大きかった。

（二〇一二年一月）

剛《ごう》ちゃんの事

自宅に帰ってみると、妻の喜美子がわなわなと震えていた。どうしたのか尋ねると、「剛《ごう》ちゃんが亡くなった」と言う。私も言葉を失った。剛ちゃんの「剛」の読み方は、本当は「たけし」というのだが、我が家ではいつの間にか、「ごうちゃん」と呼ばれていた。

私は四十六年前、米国に留学した際に五人の子供たちを連れて行ったが、留学中の二年間、長男（当時、小学三年生）と次男（当時、小学一年生）はワシントン郊外の現地の小学校に通学させた。勢い、帰国時、日本語の会話は出来るものの、日本語の読み書きは、からっきし駄目であった。当時、医学部の教師をしていたので、日本語習得のための家庭教師を医学部学生の中に求めた。結果、我が家にやってきたのが、佐藤剛さん、剛ちゃんだった。彼は大学の物理学科を卒業し、高校の教師を務めていたが、思うところあって、医学部を受験、合格し、またぞろ大学生生活を送っていた。もうすでに三十歳近かった。

彼が、私の子供たちにどんな教え方をしていたかは全く知らないのだが、教えてもらっていた当時の二人の子供たちの話では、行儀に厳しい、怖い先生だったという。無責任な父親なのだが、彼の家庭教師としての仕事がいつ終わったのか、これもまた全く知らないのだが、彼との交流は、彼が亡くなるまで、正確に言うと、亡くなる十年くらい前まで長く続いた。

葬儀での奥さんの挨拶を借りれば、独特の空気を身にまとった人間であったが、正しいと思った事は、周囲の目など気にせずに、やり遂げようとする人であった。今でも鮮明に記憶している事がある。私は学長を終了した時、ＪＩＣＡシニアボランティアとしてパラグアイに渡ったが、乳がんの手術を終えたばかりの妻を日本に残したまま、一人で赴任した。二年の任期の途中で一時帰国した時、剛ちゃんが拙宅に見えて「一人で行くのは駄目だ。奥さんを連れて行きなさい」と言うのである。連れて行くつもりだったので、その事を彼に説明したが、私の話を信用出来なかったらしい。彼は数日後、百万円の小切手を信書で送ってきて、「奥さんの飛行機代に使ってくれ」という。物持ちのいい妻は、剛ちゃんが亡くなった時に、その時の封筒を見せてくれた。

今回、剛ちゃんの話を書こうと思ったきっかけは、亡くなった彼に詫びの言葉を言いたかった事もある。

彼は、いつも庄内の季節の作物などを抱えて、頑丈な、いわゆるランクル様の車で我が家にやってきて、それを渡す間もなく帰っていくのだが、十年くらい前から、ぷっつりと来なくなってしまった。最初は気にも留めなかったが、なぜ来なくなったのか、想いを巡らせるようになった。実は十年ほど前なのだが、頼まれて、妻には反対されたのだが、保守系の議員候補者の後援会の会長を引き受けた。頼まれると断れないのが私ではある。彼が来なくなったのは、ちょうどその頃に当たる。左っぽい彼は、私のやり方に異を唱えたのだなと一人合点した。その時、そんな事どうでもいいのに、と思った事を記憶している。

ところが、今回葬儀での奥さんとの話の中で、彼が長い事、認知症に陥っていた事を知った。認知症になってしまった剛ちゃんは、私の家に庄内の産物を抱えてやってこようとする動機を、彼の心の中で失っていたが故に、私の家には来る事がなかったのである。彼の頭の中から、私が、私の妻が消えていたのである。言いようもない自己嫌悪に襲われた。奥さんに使えと百万円送ってくる男が、私のやり方を非難して、その事で私から遠ざかる事などあり得なかったのだ。それは今思う事である。自分の人間の狭さが、彼との最後の交わりを閉じてしまっていたのだと思うと、情けなく、辛い。どうして、「剛ちゃんはどうしているかな」と彼のところに一度訪ねて行ってやれなかったのか。

彼は、鼻筋の通った聖人のような高貴な顔で、棺に横たわっていた。

(二〇二一年十二月)

妻のいぬ間の大事件

妻が三人の姉妹と一緒にスペイン旅行に出掛け、十日ほど留守にした。料理を作るのは苦にはならない。常に満杯になっている冷凍庫と冷蔵庫の冷凍室を、妻が留守の間に空にするたくらみが頭を持ち上げ、まずはチェックと、冷凍室をかき回してみる。表面に氷が浮いてきているアイスクリームは食べられない事はないが、あまり旨くなさそうなので捨てる。冷凍ビーフン二個入りのパックを見つけ、休日の昼に一個食べてみる。悪くはない。冷凍した山菜はどうせ旨くはないだろうとゴミ箱に捨てる。冷凍してあった鶏肉は冷蔵庫で解凍した後、玉ねぎと炒めて食べる等々、種々試みるのだが、なかなか冷凍室の空きスペースは広がっていかない。

気が付いてみると、五日で休重が二キロ増えていた。鶏肉にしても、多いなあとは思ったものの、冷凍室の整理屋が残り物を出す訳にはいかないので、全部切って炒めてしまう。食べる段になると、また、多いなあと思うのだが、芋ロック（芋焼酎のオンザロック）の杯が進む頃には、残してもしょうがないとフライパンの鶏の炒め物を平らげてしまう始末。

太るくらいは仕方ない。ただその理由は定かでないのだが、仕事に出掛ける前に、ずり落ちた掛け布団をベッドにかけ直していると、妙に寂しさが湧いてくるのには参った。その動作をする時になると、決まってそんな想いに駆られる。例えば、妻が私よりも早く死んだとしたら、こんな気持ちで毎日過ごすのかなと思うと、どうしても妻よりも先に死ななければならないと思う。だが、死ぬのも怖いなあ。

ロータリーに参加しているのだが、所属している山形ロータリークラブと九州の宮崎ロータリークラブは設立年度やクラブの規模が似ている事から姉妹クラブになっている。十一月一日には総勢十八名の宮崎ロータリーのメンバーが山形を訪れ、大宴会となった。翌日は両ロータリーのメンバーの多くは、ゴルフを楽しんだのだが、ゴルフを希望しない人もわずかながらおり、ゴルフをしない私は、山寺・蔵王の観光コースを回る二人の方々の案内のお手伝いをした。お手伝いと言っても、ただ、車の助手席に座っていて、ときたま会話に加わるくらいの話である。

我が山形ロータリーの幹事さんが私にこの役を依頼したのには、実は理由がある。宮崎ロータリーの会長さんが観光組に参加したのだが、この方は現在宮崎大学の理事と病院長を兼務している方で、同じような商売をしてきた私と話が合うと思ったらしい。とても温厚な方々で山寺も蔵王も楽しんでいただけたようで、ほっとしていた。

その後、山形駅で宮崎の皆さんを送り出した後が良くない。山に登るからとテニスウエアで案内役をした。とてもよく晴れた秋の日で、山寺の階段を登って、けっこう汗をかいた。お客さんを送り出して、我が家に戻り、汗のしみ込んだウエア、帽子などと一緒に、たまったパンツ、食べこぼしで汚れた部屋着等も加えて、洗濯機に放り込み、洗濯機はいっぱいになった。ところが、四十五分経って終了の合図で洗濯機を開けた途端、私の頭は真っ白になってしまった。いや、真っ白になったのは、頭だけではない。洗濯物に白い粉がふいて、洗濯物全体が真っ白になっているではないか。しばらくの間、私は何が起こったのか分からず、茫然としていたが、空っぽになったポケットティッシュの袋を見つけた時、全てを了解した。読者の皆さんのなかにも同じ経験をお持ちの方がいるのではないかと思うのだが、ティッシュが全部洗濯機の中で溶かされ、その粒々が洗濯物に付着した結果なのである。ティッシュの粒々を洗濯物から取り除く死闘の事はまだ記憶に残っている。

そもそもが、ティッシュを持ち歩く事などいつも失念して、妻にいさめられているのである。その日、洋箪笥の上にティッシュを偶然見つけ、山のトイレには紙がないかもなどと、余計な事を思い付いたのが運の尽きであった。

（二〇一三年十二月）

偲ぶ会

大学生時代、学生運動に関わった。いわゆる安保闘争である。その時、同じく運動に関わっていた一学年上のOさんというすごく真面目な人がいて、ちょっとでも邪な事をしようとすると、見つけて怒る怖い人という印象が残っていた。私はゲバにおびえて運動からはすぐに身を引いてしまい、何もなかったような人生を過ごしてきたが、Oさんは、政治運動からは離れたが、運動に関わった自分をしっかりと見つめながら、煩悶の続く人生を送ったのだと思う。

教師をした後に、自主出版などの手伝いもする印刷業を自営していたが、パソコンを皆が使うようになって、仕事の方はかなり大変になったようである。私は何年かに一回会うだけの間柄だったが、もの凄く小さな字でびっしりと書き込まれた年賀状は毎年貰っていた。それが滞るようになって間もなく、Oさんの近くに居住していた友人からOさんがレビー小体型認知症になって、施設に入ったとの知らせを受けた。

施設に入所して何年経ったのだろうか、そんなに長い期間でない事は確かであるが、Oさんの死を告げる知らせが件の友人から届いた。死因は誤嚥性肺炎との事であった。今、老健施設に勤務しているので、誤嚥性肺炎は勤務の上での懸案事項の一つなのだが、「それにしても早いな」とその時思った。この病は老化によって嚥下能力が低下した事で起こるのだが、私と同じ年齢のOさんがそんな事になっていたとは――。

亡くなって大分時間が経ってから、Oさんを偲ぶ会の案内が来た。期日は安保闘争で樺美智子さんが亡くなった六月十五日とある。主催者にとって、安保闘争は忘れ去られた記憶ではないのである。

偲ぶ会の当日、東京駅から水戸行きの高速バスに乗って、小一時間で富士山の見える石岡市で下車し、会場の国民宿舎の出迎えのバスが停まっているところまで、徒歩でかなりかかった。東京駅でバスに乗る時、学生時代の面影が少し残っている人を見つけたが、声を掛けるのをためらってしまった。会場についてみると、その人はやはり私が思っていた人である事が分かった。彼は、学生運動に挫折して悩んだ後に、自活生活を行う、ある宗教団体に属したと聞いていた。

偲ぶ会は黙とうから始まり、主催者の挨拶、焼香、遺族の話と進んでいったが、私を驚かせたのは、会が終了し、会食が始まってからの各人のスピーチの時である。

お酒の入った席では、皆、隣の人との会話に忙しく、スピーチは、がやがやして聞こえないのが普通だと思うのだが、主催者の「スピーチの時はうるさくしないように」との挨拶一つで、誰も無駄話する事なく、各人のスピーチに聞き入っているのである。そして、話す内容が、固く、難しく、なかなかフォローするのに骨が折れるのである。特に、バスで声を掛ける事をためらった人の話は、私にはほとんど理解出来なかった。彼らの中では、一九六〇年の青年の時に目指した硬質な世界の延長線上に今の生が続いているような感じであった。

会の終わりを告げる北大恵迪寮寮歌「都ぞ弥生」の斉唱を聞いた時、私はもう一つの想いに浸った。偲ぶ会に集まった二〇人そこそこの人たちは、私ともう一人の人を除き、全て北大の恵迪寮で〇さんと同じ釜の飯を食べた人たちなのだが、彼らのほとんどは、渡された歌詞のコピーに一瞥もくれず、「都ぞ弥生」の一番から五番までを滔々と歌い上げたのである。

長い、長い寮歌の歌詞が頭の中に五十年以上も正確に残っている事に驚嘆した。大学時代の寮の生活は、それほどまでに彼らにとってインパクトの強い、以後の人生に大きな影響を与えるものだったのである。英国のカレッジの寮や我が国の旧制高校の寮の面影が、戦後十五年経った北大の寮にも残っていたという事だろう。

（二〇一四年十月）

熱中小学校（一）

「熱中小学校」という名の小学校をご存じだろうか。それは、里山の広がる山形の農村地帯、高畠町の廃校になった時沢小学校の校舎を舞台に始まった。小学校とはいっても、八十歳を超えた生徒もいる大人の学び舎である。熱中小学校という名前は、当時、時沢小学校をロケ地として撮影されたドラマ〝熱中時代〟から頂いたのだという。「大の大人が熱中するものがあってもいいのではないか」とする心も見え隠れする。「もう一度、七歳の目で世界を…」という年寄り泣かせのこの学校のキャッチコピーといい、おしなべてハイセンスである。それらはすべからく、熱中小学校の言い出しっぺ、元ＩＢＭ常務堀田一芙さんによるものである。

堀田さんを知ったのは、３・11東日本大震災の時に私たちが立ち上げた「子ども支援フェイスブックプロジェクト」が主催した講演会で、彼の話を聞いた時である。ここで告白すると、話の内容は全く忘れてしまったのだが、質問に立った私は「こんな人がいるとは、まだ我が国も捨てたものではない」と言った事を記憶している。それ以来、私は堀田さんの「追っかけ」

と化してしまった。

さて、熱中小学校である。校長先生は、いわゆるシェアリングエコノミーの一つ、レンタルスペースのマッチングをする会社、スペースマーケット社長、二〇一五年の熱中小学校開校時、まだ三〇歳代だった重松大輔さん、教頭先生は、いわゆるＩｏＴ（モノのインターネット）通信プラットホーム、ソラコム社長、校長さんと同い年の玉川憲さん。両社とも、当時は設立されたばかりの、失礼ながら、行く末定かならぬベンチャーだった。居丈高な老人（私）は、飲み会で「堀田さんが駄目になっても（いや、これは堀田さんにも失礼な話なのだが）、あなたたちは、熱中小学校をやっていく気概があるか」などと、彼らを恫喝した記憶がある。

ところがである。今や校長さんは政府関係の委員会の委員も務める有名人、教頭さんは我国最大級のＩｏＴ関連ベンチャーの社長さんになってしまった。超多忙になった彼らは、それでも熱中小学校のために時間を割いてやってくる。今になって、恫喝した自分が恥ずかしい。それにしても、堀田さんは、どうやって、あっという間に凄い事になったこの二人を見つけたのか不思議でならない。一人なら、偶然という事もあろうが、校長さん・教頭さん二人までもである。そこが堀田マジックなのだろうか。文章がどうしても、「追っかけ」的なムードになってしまうが、ご勘弁願いたい。

熱中小学校の凄い話は、まだまだたくさんある。熱中小学校の運営は「廃校再生プロジェクトNPO法人はじまりの学校」が受け持っている。理事長の佐藤廣志さんは、山形県の優良企業の一つである、ソフトウエア開発会社、エヌ・デーソフトウエアの社長さんであるが、件の堀田さんと意気投合して、熱中小学校の事業に参画されている。何といっても凄いのは、佐藤さんのお嬢さん夫婦が、熱中小学校の常勤職員として勤務している事である。ご主人は、米沢市役所職員をしていた方である。都会の人には分からないと思うが、地方都市における自治体職員は人もうらやむ職業である。そこを辞して、熱中小学校の常勤職員になるなど、地方の常識としては考えられない。恐らく、佐藤理事長からかなり強いプレッシャーがあったのではなかろうか。いや、これも下司の勘ぐりで、志願して、引き受けられたのかもしれないのだが。

「追っかけ」調をさらに続けさせてもらうと、熱中小学校事業展開の最大の特徴は、そのスピードである。高畠熱中小学校が始まったのが、二〇一五年十月で、まだ一年半しか経っていないが、この間に、會津熱中塾（福島県）、高岡熱中寺子屋（富山県）、八丈島熱中小学校（東京都）、とかち熱中小学校（北海道）、宮崎こばやし熱中小学校（宮崎県）、とくしま上板熱中小学校（徳島県）、そして熱中小学校東京分校と七校が加わってしまった（註）。

まだまだ書き足りない。「そもそも何をしている学校か？」といった声が聞こえてくる。学校の内容など詳しくは次項で。乞う、ご期待。

（二〇一七年五月）

（註）二〇二二年八月現在、日本に二十一校、米国に一校、計二十二校になっている。

熱中小学校（二）

山形の里山の地に二〇一五年十月に産声を上げた大人の学び舎「熱中小学校」について前項で触れた。手弁当で駆け付けてくれる各分野の第一線で活躍している先生たちの授業が活動の中心であるが、その多彩な顔ぶれは、言い出しっぺの堀田さんの顔の広さによるものであろう。プラスティック製品には必ず書かれてあるプラマークをデザインした図工科担当の前田一樹さん（故人）、音楽科担当の元オフコースのドラマー大間ジローさん、家庭科担当のよくテレビでお目にかかる料理研究家の方等々、挙げるときりがない。私は著名人でも、第一線で活躍している訳でもないが、堀田さんの知り合いのよしみで保健室担当の医師という事になっている。かなり怪しげな医師ではあるが——。

授業の内容は？　それは千差万別で、是非一回、近くで開校される熱中小学校のオープンスクールを覗いていただきたい。仲人口ではなく、参加してよかったと思う事請け合いである。授業は座学だけではない。熱中小学校の二階廊下（というよりも広場に近い）いっぱいに広がる巨大鉄道ジオラマの製作、ぶどうを植えて、収穫したぶどうでワインを作るプロジェクト、運動会屋さん（という商売がある）が指導する、ドローンが飛び交う大運動会等等、老若男女の生徒・先生たちは嬉々として参加している。

私が熱中小学校に強く感じているのは、参加している先生（二〇〇人）、生徒（全部で六〇〇人）の多様性である。私たちは、家族・職場の人間・学生時代の友人・趣味仲間・近所の人たちなど、一定の範囲の人たちと付き合って生活しているのが普通である。ところが、熱中小学校には、どう考えても、自分の人生の中では出会ってこなかったような人々がいっぱいいる。「へー、そんな商売があったのか」「そんな考え方もあるのか」と思わされる人たちに出会い、会話の中で新発見があり、啓発される事が多い。

ただ、それぞれ違った禄を食み、違ったものの考え方、感じ方を持つ人たちの集まりではあるが、そこにはそこはかとなく一つのムードが漂っている。その感じを言葉で言い表すのは私には出来ないが、そこに集まっている人たちは皆、何かあまりお利口ではない、「お馬鹿さん」ではないのかなと思わされるものがある。

こんな例に使って、はなはだ失礼なのではあるが、熱中小学校の試みを熱烈に支持している元官僚の方がいる。その人が、入学式の特別講演の途中で、自分がしてきた、多分に困難を伴ったろう仕事の話に触れた時、ポロッと涙をこぼした。老人の涙腺は緩い。私もついもらい泣きしてしまった。「これが、熱中小学校なんだよ」、私は堀田用務員（言い出しっぺの堀田さんは自分の事をこう言っている）と合点し合った。

私には一つ気掛かりな事があった。それは、熱中小学校の事を周囲の農家の人たちがどう見ているのかという事である。私も秋田の農村の出身なので、何となくその雰囲気を察する事ができるのだが、農村の人たちはそんなに易々と「よそ者」に心を開かない。武士などのよそ者にいじめられてきた古い記憶はそんなに簡単に抜けてなくなるものではない。地域創生などと言ってはいるが、地元の人たちに「よそ者が来て何やってるんだか？」と思われたのでは、身も蓋もないのではないか。

ところが、飲み会が夜に予定されていたある日、熱中小学校の職員室に顔を出してみると、地域の人たちから届いたお祝いの清酒二升が、でんと置かれてあった。私は、「やった！」と心の中で叫んだ。聞いてみると、お祭りを地区の人たちと熱中小学校の共催でやる事になっているとの話。これでこそ真の地域創生の始まりと言えるだろう。私の頭の中では、地域の人たちと熱中小学校の「お馬鹿さん」たちが、お祭りで踊り狂う姿が舞った。

その日の飲み会で、最年長者としての余禄で締めの音頭を取らせてもらった時、嬉しさのあまりに、たくさんいただいた高畠ワインに足を取られて、よろめいてしまう私だった。

（二〇一七年七月）

旧盆の時

この原稿の内容が掲載された『光の子』が読者のところに届くのは、クリスマス特集の前辺りの号になるのではないかと思うと、旧盆の話などいかにも季節外れであり、筆を進めるのもためらってしまうのではあるが、今のこの気持ちをどこかに残しておきたいという想いが、私をパソコンの前に座らせた。今日は八月十八日である。

今年のお盆は三月に急死した姉の新盆だった。兄が六年前に他界し、今度は姉の死で、三人兄姉弟の私は一人取り残されてしまった。父は、五十六歳で私が大学生の時に亡くなった事もあり、兄と姉には随分とお世話になった。還暦まで兄から仕送りを受けていた事は以前にも書いたが、姉には、お米、味噌、季節の野菜・果物等を、数十年にわたって、亡くなるまで続けて送ってもらった。私の叙勲のお祝いの時は、姉は「これが最後かもしれないから」となけなしの百万円の札束を、私に渡した。偉そうな事を言ったり書いたりしてきた私であるが、要は、独り立ちの叶わぬ寄生者であったのだ。

姉の墓参と父母や兄の眠る仙道家の墓参を兼ねて、私たち夫婦と長男・三男の家族四人で秋田へ向かった。

戒名の入った墓石の立ち並ぶ姉の嫁ぎ先の立派な墓所に行った。その片隅の墓標の最後列に姉の戒名が彫ってあった。お墓の前で、これらの多くの仏さんの供養を引き受けなければならなかった生前の姉の苦労を偲んだ。しかし、苦労というものは、想いの行き違いによって、報われない事もあるのかもしれないとも思った。墓参を終わった後の夕食会で、姉の息子は、酔いも回ったのか、生前の姉からメガトン級の命令（と彼は感じていたようだ）を再三受けた事に困惑した旨の話をしていた。彼の父に似てウイットに富んだ甥は、この話を笑い話のように語っていたが、姉は墓場の陰から「何を言うか！」と怒鳴っていたかもしれない。

一泊して墓参から帰った迎え盆の十三日は、息子たち三家族計十名、私たち夫婦を加えて総勢十二名の大パーティで、今、人気の焼き肉屋に乗り込んだ。十二人の席順をネットのじゃんけんで決めようと提案した爺さんは、そんな事をしている暇はないと皆から拒否された。結局は息子＋父軍団、孫軍団、嫁＋母軍団にグループ分けして、盛り上がった。見た事もないような奇妙な飲み物を盛んに注文する息子たちを見ていると、まさに世の中変わりつつあるなあと思わざるを得なかった。

二次会は、我が家で乱痴気騒ぎになってしまった。いつまでも立ったまま、酒を飲んでいる次男と三男に「漫談でもやったらどうだ」と冗談半分に仕掛けたら、一人の孫を巻き込んで三人で即興の漫談が始まり、「ジャジャジャジャンジャン」という奇妙な合いの手で始まる漫談は、十何話まで続き、一話終わるごとに彼らは、三男が持参したロシアの高級ウオッカをグラスで一杯ずつ飲み干し、結局、私への贈り物だったはずだが、彼らがほとんど飲み切ってしまった。

それにしても、最近、息子たちは旧盆には帰省しなかったのに、なぜ今年は、皆でやってきたのか。恐らく「親父ももう八十歳だから、お盆にでも会わないと、会えなくなる」と思ったのだろう。ありがたい息子心ではある。

まあ、そういう意味ではちょうど良かった訳で、彼らは、死んだ時にどうしてもらいたいかを私から延々と聞かされる事になる。私は大層な葬儀をしてほしくはないという事は以前から言っていた。(私より後に死ぬと思っている)妻は、「それは良いが、教え子たちが、いつまでもやってきて、その対応をするのは、とても大変だ」と言う。確かにそういう事もあろう。「――さんを偲ぶ会」というのはよくあるが、偲ばれたくはない。ややあって思いついたのは「仙道富士郎を肴にして飲む会」(会費二千円)である。開業医をしている教え子たちが参加できるように、それは日曜日の昼時でなければならない。

死んだ後の事まで指示する親父ではある。

(二〇一七年十二月)

菅原君、ご苦労様でした

この五月で、菅原君が「光の子どもの家」の理事長を退任した。本当にご苦労様と申し上げたい。

正確な年月を今思い出せないが、全国ニュースにも報じられたような猛烈な地元の反対運動の中で、彼が「光の子どもの家」を設立したのが、ついこの前だったような気がする。ただ、この間の年月は、彼が命を賭した生涯の仕事を成就した時間に符合する。別に菅原君の生涯が終わったと言いたい訳ではない。そうではなくて、彼の歩んで来た道は、「生涯」と名を付すにふさわしい一つの完成した生業だったという事である。

年数回という少ない頻度ではあったが、私は、この間この施設の理事として、菅原君と、そして彼が主宰する「光の子どもの家」と付き合ってきた。最後はいつも泥酔してしまうほど二人は酒を飲んでいたという主導線の他にも、色々な事どもが思い浮かび上がってくる。

正直言って、「光の子どもの家」では、何かいつも問題が起こっていたように思う。ただ、今思い返してみると、それは、いわゆる「普通」の施設では、問題にもされずに看過されてしまうような類の事で、ここでは、子供たちの事を大切にしようとするが故に起こる問題だったように思える。そして、理事会の他の内部の会に出席した事は無いので、推測になってしまうのだが、究極的には、菅原君の舌鋒鋭い論理の展開によって、それらの問題は解決されてきたのではないか（あるいは、菅原君以外の若者たちにとってみれば、ねじ伏せられたといった感もあったかもしれない）。それほどに、「光の子どもの家」にとって彼の存在は大きく、絶対的なものだったに違いない。大学にいた時の事を思い起こすとあまり大きな事を言えた柄ではないが、菅原君は「光の子どもの家」のまさに「ワンマン」だったと思う。

ワンマンの下で働く人たちは、仕事にあまり不安は感じないが、悔しい思いはいっぱい持っているのではないだろうか。多分、「光の子どもの家」で働いていた元若者たちもそうだったに違いない。ただ、彼も、元若者たちも、子供たちに寄せる想いは人一倍強く、それ故に、何があっても、子供たちの幸せに向かって皆が収斂していったのだろう。そうでなければ、施設を出た後も、事あるごとに顔を出す子供がたくさんいるような、心の底ではしっかりとつながっている子供たちと養育者たちの関係は築き出されてこなかったであろう。

八十歳も近くになると、「光の子どもの家」の次の代の事が彼と私の話題によく上った。彼が理事長としての力をまだ十分に備えている事は間違いないが、代替わりが遅れれば遅れるほど、新しい体制を作る事が困難になるだろうと思い、そう話し、彼も同意した。少し寂しそうではあった。

そんな事で話が進んでいた頃の、いつもの飲み会の時の話である。一人の古株の元若者の職員の一人が、そんな事を言ったら菅原君が怒り出すのではないかと私が心配したほどはっきりした口調で言った。「菅原先生に相談しなければならない事が起きた時には、お家に迎えに参りますから――」。自分たちの力で、しっかりと「光の子どもの家」を発展させていくという宣言であった。この言葉を聞いた時、菅原君が退いた後の事を私が心配する事など何もないと思った。スタイルは違ったものになるやもしれないが、子供たちの立場に立って、子供を大切にして養育に当たるという「光の子どもの家」の伝統は、守り継がれ、さらに進化していくに違いない。

私も、菅原君の理事長退任に合わせて、理事を辞した。年に数回訪れる「光の子どもの家」ではあったが、私なりに感慨はあって、今、少し寂しい。菅原君は、私の何十倍、何百倍寂しかろう。その寂しさに耐えて、じっと見守っていくのが、君に与えられたこれからの道であると言いたい。

体の具合が良くなったら、山形の温泉で、ゆっくり飲もう。

（二〇一九年七月）

想いは巡りて

神に感謝したくなる時

私は神の存在を前提にして日々生活している人間ではない。しかし、時として、神に感謝したくなるような時もあるようだ。先週の日曜はそんな時であった。日曜の朝は大体八時からNHKBS2の「週刊ブックレビュー」を観る。その週は以前、国立大学の学長の集まりである国立大学協会（国大協）の会長をされた事がある元一橋大学学長、故阿部謹也先生の『近代化と世間』という本の紹介などがあり、阿部先生の書いたものはよく読み、挨拶などにも引用させてもらう事が多いので、この本も手に入れようと思い、メモ帳に書き込んだ。九時からもまたまたテレビである。チャンネルをNHK教育に回して「新日曜美術館」を観る。「カラヴァッジョVSレンブラント　光と影の秘密に迫る」という特集で、二人の天才画家の光と影の魔術を「これでもか」というほどに見せつけられる。どちらの画家がよりすごいのかという事で番組は進んでいった。絵画に疎い私には、とてもそんな事は分からないが、切り落とされた首を、自画像として描くカラヴァッジョの精神は間違いなく病んでいた訳で、芸術の世界というものは、やはり私のような凡人には入り込む事の出来ない部分があるようだ。

この日は約束があった。ドライブで小一時間かかるところに、そば粉百％のそばを食べさせる「源蔵そば」というそば屋があり、以前から懇意にしている。一週間前に「そばを食べに来ないか」という誘いがあったが、用事があって行けなかった。土曜にまた電話があり、次の日にお邪魔する事を約束していたのである。

そば屋は混んでいる時に行くと、たまにのびてしまったそばを食べさせられる事があるので、大体店が空く一時過ぎ頃を狙って行く。この日もその頃の時間に着いた。店の大黒柱のおばちゃんはいろりの側に横になっていた。おばちゃんはそばを食べる前に色々な小鉢を持ってきてくれる。おから、豆腐と糸こんにゃくの白和え、数の子豆、大根の煮物等々、どれも美味である。白和えは特に美味しい。豆腐と一緒に大量のくるみが入っている。妻はその作り方を聞いていたが、おばちゃんの作り方の説明に混じって、「昔はこの料理はお祝いの時にしか食べられなかった」という話が出てきた。聞きながら、昔の農村の質素な日々の食事の事を想った。そしてお祝いの時に白和えを味わいながら食した人たちの事が頭に浮かんだ。

数の子まめに手を伸ばすと、昨日作った時に豆を煮過ぎて軟らかくなり過ぎてしまい、「これでは先生には食べさせられない」と煮直したのだという。そんな彼女の気遣いにただ感謝である。そばは二杯食べないと彼女の機嫌が悪くなるので、おかわりする。今朝、食事を少なめにしてきたから、大丈夫である。帰路、妻と感謝の気持ちを車の中で語り合った。

夜また私は嬉しい事に出会った。またまたテレビの事で申し訳ない。要はテレビばかり観ているという事なのだが、たまたまつけたNHK教育テレビの「思い出の名演奏」という番組で「ヘフリガーがドイツ語で歌う日本の名曲　一九九二年」を観て、そして聴いた。驚いた事に、彼（エルンスト・ヘフリガー氏）は日本の歌を全てドイツ語で歌った。私の目には彼が歌詞を見ながら歌っているようには見えなかった。という事は、彼はこの演奏のために、ドイツ語に訳された歌詞を全て暗記していたという事になる。その道の世界的な歌手の、たかだか数回の歌唱のために、歌詞を暗記するというひたむきさに心打たれた。少しお酒が回っていたせいもあるが、涙が溢れた。

私はこの一日の事について、神に感謝したい気持ちになった。

（二〇〇七年三月）

妻の病

『光の子』の原稿を書くのに、こんなに逡巡し、書き始めるまでに時間を要した事はない。せっかちな性格で、原稿の依頼が来ると、ほとんどすぐ書き始めていた。今回は締め切りが間近でない事も手伝ったが、今こうしてパソコンに向かうまで、もう何日も過ぎてしまった。

これまで『光の子』には、その時々の出来事や想いを綴ってきた。とすれば、この度の妻の病の事を原稿に書かない訳にはいかないのかなとまず思った。しかし、片方の乳房を失った妻の事を思うと、その事を皆の前に曝すむごさを感じない訳ではなかった。長い事ためらった後で、今度の事を『光の子』に書いて良いかと妻に尋ねた。「よいよ、私は隠してないから」とすんなりと彼女は言ってくれたが、「無神経な人だ」と思ったかもしれない。

事の始まりは、他の病気の検診で胸部のCTを撮った時に、検査の目的であった肺には病変は認められなかったが、左乳房に陰影がある事が明らかになった事である。病変部に太い針を刺して、悪性なものかどうか調べた。妻は「悪いものではないと思う」と言い、私もそう願ったが、結果としてはがんであった。「他の病気の検診で見つかるなど、ラッキーだよ」と私は言い、事実そう思ったのだが、がんという言葉の響きは二人に重くのしかかった。

手術の日時が決定されるまでの日々は、そばで見ている私でもかなり参ったのだから、本人の辛さは想像に難くない。眠っていると思って覗いたら、顔に涙がにじんでいた事もあった。

手術は無事終わり、転移もないという事で、胸をなで下ろした。それからの仙道君（小生）の働きは目を見張るものであった。手術の終わった夜から毎日、子供たちにメールで長々と病状を報告したのだが、子供たちからはさっぱり反応がなく、「冷たい奴らだ」と呆れていた。後で医師をしている長男から聞かされた話では、私の手紙は医学専門用語がたくさん含まれていて、とても分かりにくかったとの事、少し張り切り過ぎたという事らしい。三〜四時間しか眠れず、疲労の末に、喉の風邪を引いて、すごい声になってしまい、病人や子供たちからは、「お父さんの方が心配だ」と言われる始末。

退院してからは、リンパ節切除から来る腕の浮腫を心配しながらの毎日であったが、少しずつ元気になっていくようだった。しかし、治療を完全なものにするために行われたがんの化学療法は、またまた彼女を深みに陥れた。化学療法そのものは一日で終わったのだが、二週間後の血液検査では、人体の防御に大事な役割をしている白血球が極端に減少している事が分かった。

医師免許証を持った偽医者としても、事態がそれほど簡単ではない事は分かり、それまでさぼり加減になっていた家事にまた精を出さなければならないと思った。何と言っても、彼女にとってとても辛いのは、髪の毛が抜け始めた事である。彼女は剛毛で、豊かな白髪を誇っていたのだから、気の毒という他ない。「円か（まどか＝孫の一人）に化学療法で髪が抜けると言ったら、『富士郎おじいちゃんも化学療法したの？』と言われそうだね」などと言って妻は笑っているが、一人の女として心穏やかでない事は見て取れる。そういえば、左乳房摘出の手術の前日に病院から電話をしてきて「今日は少しブルーなの」と言うから、「死ぬのが怖いか」と尋ねたら、「女心の分からない人ね」と言われてしまった事もあった。

妻のがんの原因の一つは、酒を飲み、五人の子供の世話を皆押しつけ、その他にも何やかやと彼女にストレスを与え続けた私にもあるように思う。反省するために三カ月ほど酒を断ったが、彼女の回復とともに、またぞろ時々痛飲して帰宅し、先日はとうとう妻に怒られてしまった。完治に向けて、また、酒を慎まなければなるまい。

（二〇〇七年十月）

ゆったりとものを想う

有難い事に、帰国後たくさんの講演の依頼を受けて、この一年間とても忙しい日々を送ってきた。先日、ロータリーでの卓話が終わって、ひとまず二月までは講演の予定がなく、近頃ようやく落ち着いた日々を過ごしている。といっても、何もしないで時を過ごすという事は不得意のようで、これまでの講演の内容をまとめて冊子を作る作業に取り掛かったのだが、これは期限が限られている訳ではなく、心の余裕を持って仕事が出来るので圧迫感はなく、言葉通り久しぶりに、ゆったりとものを考えている。

当面責任を持って成就しなければならない事がないという状況は、職に就いてこのかた初めて経験している訳であるが、こんなにも自由度を持ってものを考える事が出来るとは思っていなかった。随分と多くの本を日々読んでいる事になるが、読んだ本の正確な内容が、長い期間、記憶として残る事を期待する事は難しい。人並み以上に脳の老化は進んでいるようである。その辺のところに神経質になると、「何のために本を読んでいるのだ」という事になり、はなはだ不愉快になる。しかし、一冊の本を読み終えて、あるいは、途中でその本を捨てた時に、著者が何を言わんとしているかという大雑把な事は、一定期間残像しているので、本の内容が大事だと思った時は、その事に関する自分の考えをまとめて文章にしておく。今の私にとって関心事である「環境教育・自然教育」や「国際理解教育・開発教育」などについては、色々と雑多な著作を読んだが、それらに関する自分の考え方をまとめて文章化しておいた。自分が記した文章の内容も、長時間経過すると、全体像がすぐには脳裏に浮かんでこない事もあるが、もう一回読み直すと思い出す事が出来るから、少し安心である。

今、自由な時間を持つ事が出来て、最も嬉しいのは、一旦、自分の頭の中に固定化してしまった概念をさらに進化させる機会に遭遇するチャンスがある事である。環境教育に関して考えを進めていた時に、どうしても宮沢賢治の事を避けて通る事が出来なくなり、これまで彼の著書を系統的に読んだ事がなかったので、文庫版の全集を買って、関連するところを読み始めた。彼の宇宙論的な考え方は、自分との関係で自然をどう把握するかという自然観よりも、もっと大きな問題設定を基礎としており、宇宙の中で自分をどう位置付けるかという内容を包含しており、重要な視点であると理解した。しかし、環境問題に関する文献をさらに検索していく中で、「宮沢賢治と戦争」の問題が浮上してきた。調べていくうちに、彼が戦争推進の中心的なイデオローグであった一人の思想家に傾倒していった経過が明らかになった。当初考えていた、宮沢賢治の童話を環境教育の教材として使用するという案は、もう少し慎重に検討する必要があるという事に気付かされた。今、宮沢賢治についての書籍をGoogleで見つけては、さらに読み始めているところである。

以上のような状況で、寄り道ばかりでさっぱり考えはまとまっていかないのだが、思考の幅は広がってきたような気はする。

ただ、いずれにしても、私は読書を楽しんで読書の中に喜びを見つけていく書斎人ではない。読書の結果を何らかの行動に結び付けていくなどと、短絡的に思ったりはしていないが、「老人にも何か出来る事があるのではないか」といった想念を抱きながら本を読んでいる事は事実である。いや、何も焦る事はないのだ。こんなにも自由な思考の時間を頂いたのだから、時間をゆったりと使って、少なくとも自分にとっては素晴らしいと思えるような考えに到達すればよいのだから。

（二〇一一年一月）

晴れのち雨

フェイスブック（FB）にパラグアイの日系移住地でお世話になった澤村壱番（芸名、本名は健郎）さんの名前を見つけた。どうも日本に来ているらしい。一緒に一杯飲もうとFBで持ち掛けた。返事がどうももたもたしている。結果的に分かった事は、彼は結婚のために来日しているという事実。色々と忙しく、山形に来てもらうのは無理らしい。

彼の提案で、私は急遽横浜で行われる彼の結婚式に飛び入り出席する事になった。新婦は小中学校の同級生で、二〜三年前（？）同窓会で出会って意気投合したという。彼女はクリスチャンで、横浜指路教会の日曜学校の先生をしているという。クリスチャンでもないのに、ホテルにしつらえられたお御堂で終生の愛を誓う結婚式とは違い、歴史のあるらしいこの教会での結婚式は静粛で、クリスチャンではない私にも心の静まるひと時を与えてくれた。式が終わった後の挨拶で新婦は「教会で結婚式を挙げるのが長年の夢で、それが叶って嬉しい」と言うと、新郎は「結婚するという長年の夢が叶って嬉しい」と返し、出席者の間に笑いが満ちた。

結婚披露宴はまさに前代未聞だった。新郎が全体をプロデュースしているらしく、新郎は宴が始まる前から会場に忙しく出入りしていたが、驚いた事に、四時間に及ぶ宴の司会のほとんどの部分を新郎が務めた。着席しての宴会であったが、席次表もなく、受付で渡された動物（私の場合はイヌ）の絵のしるしのあるテーブルに座ればそれでよかった。そして各テーブルの構成員の概要を新郎新婦が紹介していくのだった。

いいや、そんな形の事などではなく、百五十人の出席者全員が二人の門出を心から祝っているらしい事が、飛び入り出席した私にも伝わってきた事が大事なポイントで、何とも嬉しかった。新郎の俳優学校の同期生の女性陣は、失礼ながらしぼみかけ始めている乳房に大きなパットを入れて腰ふりダンスを披露し、皆を爆笑の渦に巻き込み、新婦のフルートの先生は彼女のフルート演奏に合わせて演奏するのに懸命だった。日本のアルパ（南米のハープ）演奏の第一人者のルシア塩満さんが奏でるアルパの響きは、静まりかえった会場を深く包み込んだ。

新郎はルシアさんの友情出演に感謝して涙し、私ももらい泣きした。一言でいえば二人の結婚を祝福する皆の気持ちがうねりとなって会場を支配したという事に尽きる。随分多くの結婚披露宴に出席してきた私にとっても前代未聞であったし、それは新郎新婦の来し方の軌跡がそこに現出したという事以外の何物でもないだろうと思う。とても嬉しいひと時を過ごさせてもらった。

翌日も、私が教授になって最初に教室にやってきたいわば一番弟子と久しぶりに楽しく語らい、意気揚々と山形に帰るつもりであったが、冷房が利いていていつも愛用している新幹線待合室で突如暗転。晴れていた私の気持ちは曇りどころか、土砂降りの雨に降られてしまった。

待合室はとても混んでいて、多くの人が立っていた。私は運よく立っていた側の席が空き、座って昼酒を醒ましていた。と、ちょっと離れたところで、続きの二席が空き、三十代と見られる女性が席を獲得、そこまでは普通の光景だったのだが、獲得した二席に座ったのは中学生ぐらいの男の子と小学校高学年らしい女の子で、両親は脇で立っていた。座ると男の子はゲームを始め、女の子は漫画を読み始めた。辺りを見回してみると、席に座ってゲームに熱中している子供たちが、少なからずいるのである。

多くの年寄りが立っているのに、空いた席に自分の子供を座らせるという行為は、自分の子供の溺愛という自分本位主義の延長上に位置付けられるもので、「お受験」に必死になる母親のもう一方の姿なのだろう。もう道徳律が崩壊してしまっているという事である。「家庭が大事」という話も、子供を社会人として育む単位としての家庭の位置付けに基づいた言葉というよりも、「自分の所さえよければ、他はどうでもいい」という家庭エゴを表すものに変わってきているのだと思う。

さて、怒り心頭に発したこの気持ちをどこに持っていこうか（何か怒ってばかりいるなあ）。

（二〇一二年十一月）

正月雑感

昨年は私にとってエポックメイキングな年であった。高校を卒業して以来経験した事のない、規則正しい日常生活を送ったのである。というのは、昨年四月、老健施設に勤務するようになって、生活がすっかり変わってしまったのである。

まず上手に睡眠が取れた日の朝は四時半に起床する。布団の中で小一時間ストレッチをして、やおら起き上がり、立って行う残りのストレッチと怪しげな腕立て伏せ四十回を終える時にはほぼ六時頃になっている。

二人分としてレモン二個を絞って、カゴメの「野菜生活100」に加えてジュースを作り、食パンを二枚焼いて、バターを塗り、インスタントコーヒーに牛乳を加えて、電子レンジで温める。これが我が家の朝食の定番である。コーヒーが沸いた頃には、奥さんが起床してきて朝食となるが、起きてこない時は「朝ごはんですよ」と起こしに行く。

彼女の名誉のために言っておくと、彼女は宵っ張りで十二時過ぎまで起きている事が多い。

それに反して、私は早く寝て、早く起きる習慣が老化とともに身についてしまった。要するに、二人の生活時間が全く合わないのである。彼女にとっては早い時間に朝食を摂らされるのはいい迷惑なのである。

朝食を摂り終わって、八錠の薬を飲み、顔を洗い終わる頃には七時になっており、その日に着用する背広、ワイシャツ、それに合うネクタイを選ぶ。NHKBSプレミアムの朝の連ドラ「純と愛」は、背広を着た状態で観て、その間に奥さんの淹れたお茶を二杯飲む。二杯飲むのは、亡くなった母が「一杯茶は縁起が悪い」と言って、お茶を飲む時は必ず二杯以上飲むように命じていたので、母が亡くなってもう二十年以上も経っているのだが、律儀に教えを守っているのである。

「純と愛」を観終わったらすぐに車を始動し、勤め先の老健施設「みゆきの丘」に自動車を走らせる。到着したら、自動販売機でミネラルウオーターを買い、「朝の一杯」の水を飲みながら、パソコンを立ち上げ、朝のミーティングに備える。「朝の一杯」の水は、血液を薄めて、脳梗塞や心筋梗塞を予防する常套手段の一つと言われている。

私の勤務している「みゆきの丘」は、全体で八〇〇人以上の職員がいる「みゆき会」という大変大きな組織に属しており、八時二十分から始まる朝のミーティングでは、まず「みゆき会」に属する各組織の前日の入所者数、病院であれば、入院患者数や外来患者数が報告され、次にはその日の行事が発表される。この一連の流れの司会を施設長の私が行う。一連の報告が終了すると、私が「今日も一日（週明けの月曜には、（今週一週間））頑張っていきましょう。よろしくお願いします」と発声し、皆が「よろしくお願いします」と呼応する。何もなければ、以上の出来事が毎日、時間通りに繰り返される。

去年から変わった事はもう一つある。年末年始を温泉で夫婦で過ごす事にしたのである。一昨年までは、正月には子供たちが孫を連れてたくさんやってきて、妻と私は、暮れには正月料理作り、正月には酒盛りの相手（これは妻に当てはまる事であって、私はただ子供たちと一緒に酒を飲みまくるのだが）で、正月明けには、妻は仕事疲れ、私は飲み疲れでクタクタになっていたのである。

昨年は、ネットで近郊の安い温泉宿を見つけて、大晦日から正月の二日まで宿泊した。子供たちにはその旨をあらかじめ伝えて我が家への来訪を封じたのである。何とも冷たい親であり、おじいちゃん、おばあちゃんではある。

今年も全く同じ事をやった（というのは嘘で、この原稿をしたためているのは、十二月十一日だから、その予定である、というのが正しい）。妻は子供たちの事を気遣って、温泉行きにちょっと迷いを見せたが、私が押し切った。早く死ぬ親が大事なのである。

（二〇一三年一月）

旧交を温める

一月十九日、寒い日だった。新幹線盛岡駅に降りる。盛岡には前に一回訪れた事はあるが、宿泊した記憶はない。知らされていたホテルの案内には駅から徒歩十五分とある。まだ約束の講演の開始時間までややあるので、歩いていこうかなと思った。ところが、降り立ってみると、寒さで道は凍って光っている。転んで怪我でもしたら大変とタクシーに乗った。個人タクシーの運転手さんと話をする。人口は約三十万人、山形市より少し大きい。新幹線で仙台から三十分ちょっとで到着したので、仙台に近いのだと思い、仙台に買い物に行くのかと尋ねると、まずないという。山形からは仙台によく買い物に行くのにと思い、聞いてみると、二〇〇キロも離れていると言う。バスと新幹線ではスピードは違う訳だ。老人のとんでもない勘違いである。話しているうちにタクシーはホテルに着いたが、徒歩ではとても十五分では着きそうもない距離であった。どうして、どこのホテルでも徒歩〇〇分と嘘を書くのかなあ。気分を害してかえって逆効果だと思うのだが——。

私の話は午後五時から始まった。二十数人の聴衆である。皆、山形大学医学部卒業生のお医者さんたちである。幹事役の教え子から聞いた時に、最初、聴衆は卒業生だけだと思っていたのだが、途中のやりとりで、卒業生以外の聴衆もいるらしいと思い込んでしまったようだ。とすれば、パラグアイの話でもあるまいと思い、「私にとって研究とは何だったのか—七十四歳の今振り返る—」という、何年か前に特別講義で話した内容の吹き替えの堅い話にしたのである。実際は医学部同窓会の岩手県支部の立ち上げに際しての講演という事だったので、それならパラグアイの話がぴったりだったなと思っても後の祭りである。教え子の顔なら分かる筈だと思ったが、最初さっぱり分からない。話すのには結構緊張するから、その事も手伝って分からなかったようだ。講演会が終わって懇親会になって近くで話をしているうちに少しずつ思い起こしていった。それにしても、思い出してもらえなかったのは、彼ら、彼女らにも責任があると思う。何しろ、面影を残さないほどの変わりようなのである。

酒席では最初、学生時代の授業をさぼって代返をしてもらった話とか、癖のある先生の真似とかが話されていたが、行き着くところは彼等の家族の話で、特に子供たちについての話のやりとりで、話は盛り上がっていたようだ。皆、それぞれに子供たちの事が気になる年齢に達したという事である。

山形への帰路、仙台に立ち寄って、小児科を開業している高校時代の親友と会った。事のきっかけは、十二月から顧問になったスーパーマーケットチェーンが、仙台の新開地に建設するスーパーの脇に医療ビルを建てる事になり、仙台の医療事情を彼から聴く事になったのだ。

久しぶりに会った二人は、懐かしさのあまり、彼が選んでくれた、仙台では有名な寿司屋さんの料理の味など今となっては覚えていないほどに、夢中になって色々な事を語り合った。彼の実家は名取市の海岸沿いにあり、高校時代に一度お邪魔した事があったが、東日本大震災の津波で跡形もなく流されてしまったという事である。幸いな事に、空家になっており、家族は難を逃れた。しかし、話が進むうちに、知り合いの人が多く亡くなっているようで、彼の顔が次第に曇っていった。

3・11のすぐ後に停電になってしまった急患診療所で、手動の発電機を回しながら、六日間ぶっ続けで、患者の診療に当たった話を聞いたりすると、正義感の強い青年であった彼の事が思い出されたりして、ふと高校生時代に立ち戻った。しかし、「農業だけが正業で、後は皆、人間本来の仕事ではない」と高校生時代に熱く語っていた、農本主義者のK君の消息を二人とも分かる訳ではなく、やはり七十四歳の現実の老人が二人そこにいた。もっとも、会った一月二十日が、友人の誕生日に当たっており、彼は七十四歳の新人ではあったのだが――。「精々頑張っても、元気なところあと十年か」。彼の言葉は寂しくは聞こえなかったが、それなりに実感がこもっていた。


（二〇一三年三月）

子供たちの未来に光を見る

世間はアベノミクスと騒ぎ立て、景気の好転を予測しているが、人々の生活がより豊かな方向に向かっていくとはどうしても思えない節がある。規制緩和を唱えていた人たちがまたぞろ勢いを増し、貧富の格差がさらに広がり、「自助努力が肝心」というキャッチフレーズの下に、弱者への援助の切り捨てが強まりそうである。

3・11東日本大震災の復興の足取りも極めて遅く、特に地震、津波に引き続いて起こった福島原発事故は収拾の糸口を全くつかめない状況である。原発事故の事で、私が最も懸念しているのは、この事で引き起こされた人々の心の闇についてである。過日、福島から山形に避難してきているお母さんから聞いた話だが、山形の人から「お嬢さんはかわいそうですね。将来お嫁さんに行けなくて」と言われてショックだったとの事であった。

「何でそんな馬鹿な事を」と思うのだが、放射線が目に見えないものであり、正確な情報が政府から発表されていない事なども追い打ちをかける形で、人々の思い込みは深まるばかりである。

こんな心の晴れない状況の中で、先日、とても嬉しい事があった。私の教え子に武井寛君という整形外科医がいるが、彼は十数年前から、山形大学医学部の道場に子供たちを集めて、週二回柔道を教えている。この事は知ってはいたのだが、一度も練習の様子を見に行った事はなかった。薄情な教師である。

ところが、私の都合で今回、道場に出掛ける事になった。というのは、以前にも述べたと思うが、今、フェイスブックを利用して被災地の子供を支援するNPOの代表を務めており、今度「子供未来創生計画」というプロジェクトを始める事になり、その計画の一つに、「子ども放送局」の開設という項目がある。子供たちに情報発信の機会を与える目的で、山形、福島、宮城の子供たちにビデオカメラを渡し、今、子供たちが考えている事や大切な想いなどをカメラに映し出し、発表してもらう計画である。

この話が持ち上がった時、私は、武井君が柔道を教えている子供たちの事が頭に浮かんだ。というのは、武井君は常々、「我が国を良くするには、子供の教育をしっかりやる以外にない。自分は柔道を介して、立派な大人になる子供たちを育てていくのだ」と言っており、彼独特の方針で柔道を指導していると聞いていた。そのように育てられている子供たちなら、きっと素晴らしい番組を作ってくれるのではないかと思ったのである。つまり、武井道場に私たちのプロジェクトに参加してくれる子供を探しに出掛けたのである。

ところが、道場の入り口のドアを開けた時、そんなもくろみなど打ち砕かれてしまうほどのインパクトを受けた。大人から子供まで、道場に集まっている人間の数がいかにも多いのである。むんむんとした人いきれとはまさにこんな状態をいうのであろう。その日は寝技だけがカウントされるという特別な形式で試合をしていたが、低学年の小学生から、医学部の学生まで、くんずほぐれつの大格闘であり、女の子が、同じ年格好の男の子を寝技で一本をとる様などもあり、興奮して試合を眺めていた。

よくもここまで多くの人間が集まる状態を作り上げたものだと思う。懇親会に入ると、子供たちは、命令されたからではなく、自分たちから自主的にお菓子などを一人一人渡して回っている。そこには、試合の時の厳しい師と弟子の互いの対応とは打って変わって、和気あいあいとした雰囲気が広がり、子供たちは武井君をはじめとする五人の柔道講師に明らかに甘えているのである。講師の先生方も子供たちがかわいくて仕方ないといった感じの対応である。

真の教育の原型をそこに見る気がした。きっとこの中から将来種々の意味で我が国を背負って立つ逸材が育っていくに違いないと思う。

（二〇一三年六月）

ミラーニューロン――他人の痛みを我が痛みとする心――

全体を十分に読み解くにはなかなか骨の折れる本だが、非常に興味のある問題を提示していると思われる一冊の本を今読み続けている。V・S・ラマチャンドラン著『脳のなかの天使』という本である。著者は神経科学者で、脳に起こった病変の位置的な関係からその脳局所の機能を推定するという方法論を用いて、ヒトの心の問題を解析している。脳機能の局在に関しては、従来多くの知見が得られており、発語はできるけれども、言葉の意味が理解出来ない患者の障害部位から同定された感覚性言語野（一般的には発見者の名前からウェルニッケ野と呼ばれる）などが有名である。

しかし、今回の話はちょっと違っている。

意識のある状態の患者の痛覚ニューロン（神経細胞）の局在する部位の活動電位を測定していたところ、患者自身が痛くされた時だけでなく、他の患者が痛くされるのを見ていた時もこの局所の活動電位が観察されたのである。その他の色々な現象から、「誰かが何かをしているのをあなたが見る度に、あなたの脳で、あなたが同じ事をする時に使われるニューロンが活性化される」（前掲書）という事が明らかになったのである。相手の痛みを我がものとして感じる心の存在が脳の局在機能として、科学的に証明された事になる。「鏡の神経細胞」という意味でミラーニューロンと名付けられた。

そして、このミラーニューロンは、相手の鏡に映し出された自分を見つめるという働きを介して、自己認識にも関わっているだろうと著者は述べている。

このミラーニューロンは、外界の刺激によって誘導される種々の神経・精神活動の調節を広範囲に行っている事も明らかになり、相手の痛みを我が痛みとする心が、私たち人間が人間らしく生きていく上で、重要な働きをしている事を示唆している。「優しさとは相手の立場に立ってものを考える事」と長い間学生に教えてきた私は、なぜか嬉しい。

さて、こんな高尚な話とは全く別の世界の話なのだが、最近鏡を見て考え込む事が多くなった。今勤務している老健施設には、私の居室である施設長室からトイレに行く角のところに大きな等身大の鏡がある。ナルシストではないが、我が姿が鏡に映し出されるのを見る。「今日は二日酔いの顔だなあ」「そんな沈んだような顔をしちゃ駄目だよ」。ある時までは、顔だけを見ていた。ところが、最近は全身像が目に入り、「なんと胴長の格好の悪い人間だなあ」とほとんど毎日思う。そんな事は分かっていた筈であるが、こう毎日気付かされると、何ともバツが悪い。

格好だけならまだしも、どうした訳か、来し方の生き様が、走馬灯のように次々に意識の鏡に映し出される。一言でいえば、不器用で、お人好しで、他人の助けなしには、七十五歳の後期高齢者になるまで、満足に生きて来る事は出来なかったに違いないという想いが、多くの例示とともに毎日のように覆いかぶさってくるのである。

十年以上乗って、総身傷だらけになった車を見て、妻はへそくりで新しい車を買ってくれた。なんとトヨタのAQUAである。最初選んだ車の色はホワイトシルバーだったが、途中でブルーに変えてもらった。何とも若返った感じである。ところが、四カ月目に車をバックさせている時に擦ってしまい、五万円なにがしの出費。何とも忌々しい。

ヨーロッパ旅行に買って持って行った二十数万円もしたパナソニックのパソコンLet's note、ホテルで酔っぱらってパソコンを操作している時に、コップの水がこぼれてパソコンに掛かってしまい、動かなくなってしまった。何とかならないかとパソコン屋に持って行ったが、にべもなく「修理出来ません」と言う。

振り返ってみると、大学教授になって、学長になって、自分もそれなりの仕事をしてきたかな等と思っていたが、とんでもない話で、全ては妻の引き回しの中で踊っていたという事らしい。

ミラーニューロンは自己認識にも関わるという。後期高齢者になってミラーニューロンが働いて、来し方を見たら、それは茶番だったという話では、少しかわいそうだが、ミラーニューロンも老化とともに機能障害に陥ってくるとすれば、そんなに気にする事もないか。

（二〇一三年十一月）

先の見える話

二〇一三年七月で満七十五歳になった。後期高齢者の仲間入りである。保険が後期高齢者の保険に変わったくらいで、特段の変化はない。前にも述べたが、老健施設の施設長をしており、月曜日から金曜日まで、毎日八時二十分からの朝のミーティングの司会をする事から一日が始まる。回って来た書類に捺印をする仕事、入所者の居住区域のサービスセンターに出掛けて行って入所者の健康状態について看護師からブリーフィングを受ける事、そして、種々の会議の司会を務める事等が主たる業務である。

空いた時間に、種々の情報を集めるために、毎日Gunosyに目を通す。Gunosyというのは、登録しておくと、個人の要望する分野のニュースを毎日電子メールで届けてくれるサーヴィスで、新聞などには掲載されていない、興味ある記事を配信してくれるので便利である。また、日経ビジネスの電子版も、経済関係だけでなく、種々の分野の出来事が載っていて面白い。フェイスブックの自分のページにも毎日目を通す。

七十五歳の爺さんにしては、結構ＩＴ情報まみれの毎日である。しかし、若い人たちと根本的に違うのは、若い人たちは、得たＩＴ情報を取捨選択して、自分に必要なものは、頭の中に貯蓄するが、私の場合はＩＴ情報にまみれても、それは私の頭を素通りして、貯蓄される事はほとんどない。

しかし、ごく稀に私の関心事の中でも特にインパクトの強い記事は、自分の頭は駄目だから、パソコンに記憶させる。だが、これとて安心は出来ない。パソコンのどこにそれをしまい込んだか分からなくなり、探すのに往生するのである。

こんな効率の良くない、いわば無駄な作業をどうして毎日続けているのか、自分にもよく分からないが、老いても一人前でいたいという意欲みたいなものは結構強く、若者などに任せておけるかと思う事も多いのである。

今振り返ってみると、私は、自分の頭でものを考え、自分の責任で事を成さなければならない年代に至ってからこの方、遠い将来はおろか、近い将来、否、直近の事に関しても、計画的に事を進めるという事がなかったように思える。

今この原稿を東京に向かう電車の中で書いているが、ＪＩＣＡシニアボランティアとして赴任したパラグアイの日系一世のインタビューを基にした「聞き書き」の本を作る打ち合わせのための上京である。「聞き書き」の本を作るというたいそうな話も、じっくりと計画と立てたという事ではなくて、過日、パラグアイ日系移住地で出会った一世の老人の話が、私にとって余りにもインパクトが強く、こんな面白い話を書き残さない手はないと、話を聞いた時に「聞き書きの本を作ろう」と突如として思い立ち、皆に声を掛けた事から始まったのである。

しかし待てよ、と最近思うようになった。長年の飲酒による脳萎縮の進行度合いから推定すると、肉体はいつまで長らえるかは不明だが、脳の働きの健康寿命はそんなに長くはない事を覚悟しなければならないと思う。

だとすれば、思い付いて突発的に事を始めるのはもう止めにしなければ、一緒にやろうと巻き込まれた人に仕事を残してしまう事になり、迷惑至極な事になってしまう。

今やりかけている仕事が三つある。被災地の子供支援のプロジェクトは私が始めたものではあるが、もう私の手を離れかけているので問題はない。後の二つは本をまとめる仕事である。一つは話に出てきた「聞き書き」、もう一つは今原稿を書いている『光の子』の連載エッセイのまとめである（本書の事である）。いずれも途中までは来ているが、完成させるにはまだ時間が掛かりそうである。

ではあるが、後期高齢者に出来る事は先が見えている。ここは、これまでのように、「どうせ先の見えない話」と嘯くのではなく、しっかりと「先の見える話」にしていかなければなるまい。

（二〇一四年一月）

恩送り（序）

またパソコン浸り老人の独り言になってしまう事をお許し願いたい。なお、タイトルに付けた「恩送り」というあまり聞き慣れない言葉の種明かしは後ほど。

さて、アップルコンピュータを立ち上げ、がんで亡くなる寸前までアイフォーンの開発などで話題に事欠かなかったスティーブ・ジョブズがスタンフォード大学における卒業式のスピーチで最後に語った言葉は有名である。

"Stay hungry, Stay foolish." 直訳すると「ハングリーであれ。愚かであれ」となる。「愚かであれ」とはおかしな事を言う人だと思われるかもしれないが、そうではない。小賢しい行いを戒めているのである。主張したい事は「愚かと言われるほどに愚直であれ」という意味である。ジョブズもスピーチの中で話しているが、この言葉は彼の創作ではなく、ある雑誌の最終号の裏表紙に記された言葉である。この雑誌に事寄せて、インターネットが作り上げられていった時の人と人の交わりについて語りたい。

雑誌の名前はThe WHOLE EARTH CATALOGと言い、アメリカでカウンターカルチャーが全盛だった頃、ヒッピー向けに発刊されたものであり、「全地球カタログ」と訳されよう。私たちの世代であれば、「カウンターカルチャー」も「ヒッピー」も十分にお分かり頂けると思うのだが、若い読者には解説が必要なようである。というのは、過日、一緒に被災地の子供支援プロジェクトをやっている若者たちに「ヒッピー」の話をしたら、困惑顔をされてしまったのである。

カウンターカルチャーというのは、一九六〇年代後半から一九七〇年代前半にわたって世界的に起こった、既成の事柄に「Ｎｏ！」と叫ぶ若者を中心にした抵抗運動の中で培われた文化で、米国の場合は、性差別反対運動、反ベトナム戦争運動等々、多くの社会運動を基盤として生まれた。ヒッピーは、カウンターカルチャーの担い手として、既成概念を否定して、自然と共に生きる事を理想として、独特な生活形態の下にコミュニティを作って生活していた。

文化論としてカウンターカルチャーを論ずる事はなかなか難儀であるが、基本的に、世に巣くう邪悪なものに抗する純粋性、自然崇拝の考え方など、理想論的な色合いが濃い。前述のThe WHOLE EARTH CATALOGの編集者はスチュアート・ブランドといい、カウンターカルチャー群像の代表的な論客の一人であるが、「〈WHOLE EARTH〉＝全地球」という表現は、地球を宇宙の中に浮かぶ一つの星として捉え、人間を宇宙船地球号の乗組員と見なす考え方に基づいている。

ブランドは、パソコンやインターネットについても立論しており、インターネット勃興期にTIME誌に投稿している。その論立ては省略するが、「パソコンもインターネットも全てカウンターカルチャーの中で生まれたものである」と指摘している。事実、インターネットの初期の開発に関わった人の中には、カウンターカルチャーの洗礼を受けた人が多い。平たく言えば、インターネットはヒッピーが作ったのである。そして、その事実は前記のスタンフォード大学におけるスティーブ・ジョブズのスピーチの次の一節につながっていく。

「私が若い頃、The WHOLE EARTH CATALOG（全地球カタログ）という凄い出版物があって、私と同じ世代にはバイブルのように扱われていました」

私がしつこく論立てしようとしている理由は、そもそもインターネットは超純粋性を持った若者たちによって立ち上げられたものであり、そこには、そうした刻印が押されているのだといういう事を、声高らかに言いたいがためである。どこかの国で蔓延しているように、身を隠して人を攻撃するために作られたものではないのである。

さて「恩送り」には全然到達していない。次項をお楽しみに。ゆめゆめ、Googleで調べたりしないように。


（二〇一四年四月）

シリコンバレーの「恩送り」、そして、江戸時代の「恩送り」

前項で、インターネットの創設が理想主義に燃えた米国の若者たちによって成された事に触れ、インターネットにはその刻印が押されている事を強調した。

より具体的な話に移ろう。

皆さんは、電子メールが基本的に課金されない事を不思議に思った事はないだろうか。最近は少し安くなったが、国際電話料金の事を考えると、インターネットを使う事の出来る環境では、世界中どこでも無料で交信出来るというインターネットシステムの基本設定は驚くべき事なのである。

どうしてこのような事になったのか、インターネットが開発されたそのプロセスに原因があるようである。実はインターネットは米国の軍事研究として始められたのであるが、その大目的を前提としながらも、数学好きの若者たちの手によって自由な研究が展開されていった。出来上がったシステムはすぐに学者たちによって利用され、アカデミアに広がっていき、またたく間に、それは課金なしの交信手段として世界中に広がっていった。

　私が感心するのは、米国政府の懐の深さである。軍事研究といえば、当然、秘密事項もたくさんある訳で、開発された時点でインターネットの技術を秘密にしておけば、高度な軍事技術になった筈である。しかし、米国政府はこの技術を学者たちが使う事を認め、世の中にオープンにした。この事が、産業革命にもなぞらえられるＩＴ革命を世界に巻き起こす源になったのである。

　インターネットがいわば自由な羽ばたきをこれまで続けてくる事が出来たもう一つの理由は、その開発に関わった若者たちの資質である。ハッカーというと、我が国では「コンピュータに侵入して悪事を働く人」と間違った理解が広がってしまったが、とんでもない話で、彼らハッカーこそ、インターネットの自由な世界を作り上げていった主役である。彼らは極めて優れた数学的な素養を持ち、コンピュータのより良いプログラムを作り上げる事に無上の生き甲斐を覚える人たちである。

　彼らのもう一つの特徴は、自分の得た知を惜しげもなく公開するその大らかさにある。コンピュータのプログラムは、巨万の富を生み出す可能性を持っている訳だが、彼らはそんな事にはお構いなしに、自分が作ったプログラムをインターネットに公開する事を介して他人に知らせる。それを基にして、別の人によってまた新しいプログラムがアップされ、プログラムは漸次改善されていく。

これは、競争原理に基づいた資本主義社会の基本を否定する新しいモラルである。こうした知を順次に伝えていく物の考え方はシリコンバレーに広く流布しており、先輩たちは、自分たちが得た知を惜しげもなく後輩に与えるという。ある時「日経ビジネス電子版」がその事に触れ、英語でそうしたやり方を"Pay it forwards."と表現すると紹介し、日本語で「恩返し」と訳していた。「恩返し」なら"forward"ではなくて"backward"と表現されるべきだろうと思い、「恩返し」という和訳はちょっとおかしいのではないかと編集部にコメントを書いたが、返事はなかった。

ところが、時を経て、"Pay it forwards."にぴったりの表現が、なんと江戸時代に使われていた事を井上ひさしが言っているのを見つけて小躍りした。彼は「恩送り」というのは、誰かから受けた恩を、直接その人に返すのではなく、別な人に送る。その送られた人がさらに別の人に渡す。そうして、「恩」が世の中をぐるぐる回っていく。この「恩送り」という表現は江戸時代、普通に使われていたと言っているのである（『井上ひさしと141人の仲間たちの作文教室』）。

シリコンバレーの若者たちの倫理と江戸の人情の一致。何か楽しい。そして、豊かな気持ちに包まれた。嗚呼ようやく「恩送り」までたどり着いた。


（二〇一四年七月）

一病息災

大学生の時だったか、あるいは大学を卒業して間もなくだったか、記憶は定かでないのだが、ある時、心臓の動きが正常でない事に気付いた。なぜ気付いたかと言うと、変な話で恐縮だが、心臓がその存在を主張していたのである。私たちの心臓は片時も休まず規則的に血液を全身に送り出しているが、その事を私たちは普通意識していない。ところが、その時は心臓が動いている様が、ドッキ、ドッキという胸の響きとして伝わってきた。一応医者の卵である訳で、脈を取ってみると不規則なのである。心房細動という不整脈とのお付き合いの始まりである。

その時から今日まで十回以上この心房細動発作に見舞われている。なぜ発作が起こったか、おおよその見当はつく。そのころまだ喫煙していたのだが、酒を多く飲み、同時に煙草を三十本以上吸い、その上寝不足するという条件が重なった時でなければこの発作は起こらなかった。しかし、こういう三つの条件があっても必ずしも発作が起こる訳でもなく、いわば発作発生の必要条件ではあるが、十分条件ではない事になる。

ところが、ある時からこの条件は変わってきた。禁煙はしていたし、酒もそんなに飲んでいないのに、発作が起こるようになった。学長に就任してからである。加齢による変化もあるには違いないが、学長の時は心理的なストレスが桁外れに強かったのだと思う。と言うのも、学長の時には、この心臓発作だけでなく、メニエール症候群というものも経験し、言葉通り、天井が回って見えた。この病気にもストレスが関係している事が分かっているのである。

しかし、これまでは、四十八時間以上不整脈発作が持続した事はなかった。ところが、今回は違うのである。九月二十三日に発作があって、電気ショックで一回規則正しい脈に戻ったのだが、五日後にはまた不整脈になり、それが今日、十月二十七日まで続いているのである。

大分良くはなったが、歩くと息はずみがする。最初はうつ的な気分になった。こんな状態で一生過ごすのかと思うと憂鬱になるのだ。最近、不整脈の治療として、カテーテルを心臓に入れてやって、心臓の筋肉の一部を焼き切るアブレーションという治療が行われている。担当医はその適応ではないかと言い、アブレーションを専門に行っている医師の所に身柄が移された。

その医師は心臓の絵を示しながら、現在の病気の状況、今後の治療方針などについて、同席した妻にも分かるように懇切丁寧に説明してくれた。彼はアブレーションの専門家であるにもかかわらず、私の場合は高齢であるから、適応ではないのではと言う。「私の親父だったらやりませんね」という言葉が胸に浸みた。はっきり言ってこんなに医者らしい医者を大きな病院で初めて見た。

「全て先生にお任せしますので、よろしくお願いします」。気持ちがスーッと軽くなった。新しい不整脈の薬を服用し始めたが、まだその効果はなく、依然として不整脈は続いているのだが、疲労感、息切れ感などは数段改善したのである。

病状がこんなにも心の状態に左右されるとは驚きである。何とも情けない医者なのだが、もし不整脈が治らなかったら、それと付き合っていけばいいじゃないかという開き直りが、医者らしい医者である新担当医によって私にもたらされたのである。

深酒も少しは慎むようになるのではないか、現在かなりひどい状態に陥っている睡眠障害の事も、少しは改善しようと思うようになるのではないか、等々、まさに一病息災である。

でも、何とかテニスをやれるようにならないかなあと正直思う。そのためには、不整脈の新薬が何とか効果を示して、新担当医が試みようとしているらしい再度の電気ショックで、心臓がリズミカルに動き始めてくれたらなあと淡い望みに揺れる日々である。

（二〇一四年十二月）

付記　その後も不整脈は続いているが、なぜか、息切れも、息苦しさも感じなくなり、テニスを楽しんでいる。

七十六歳になってこんな事を考えてみても、どうしようもないのだが――

睡眠障害がひどくなってきた。以前は、「眠れなかったら本でも読めば良い。それだけ時間が儲かるじゃないか」などとうそぶいていたのだが、そんな生易しいものではなくなってきた。何しろ、眠りについたとしても、一、二時間おきに目が覚めてしまう。そして、日中は一日中ぼんやりしていて、本などを読んでもさっぱり頭に入ってこない。

真夜中に目が覚めてそのまま朝を迎えたりする事もあり、起きている時はいつも眠いのだが、ご飯を食べた後は特に眠くなる。早々と夕飯を食べてソファーに横になるとウトウトしてしまうのだが、それが禁忌なのである。このウトウトのために、今度は三時、四時まで眠る事が出来ない事になる。

だから、眠くても頑張って十～十一時頃まで起きていて、そのころに眠りに落ち、朝まで眠るのが最良のパターンである。本など読んだらすぐ眠ってしまい、短時間で目が覚めて、それからは眠れなくなるのが落ちである。十～十一時まで持たせるには、面白くもないテレビを延々と見続ける。テレビは私にとって娯楽ではなく、あまり効果の定かでない睡眠調整器なのである。

しかし、この睡眠調整器は、ある時、私にとって凶器になった。

土曜日の夜十一時、NHKEテレの「戦後史証言プロジェクト　日本人は何をめざしてきたのか　知の巨人たち」という番組に出合った。その日は石牟礼道子の出番であった。パーキンソン病に侵された彼女は、首を振りながら、それでも、鋭い言葉の群れを吐き出す。水俣病と出合い、それに命をかけて生きてきた人の生き様は圧倒的である。四十年かかって『苦界浄土』を書き上げた事、それが、彼女が生きるという事だった訳である。六十歳を過ぎた彼女の子供が、インタビューに答えて「水俣病と関わるようになって彼女はすっかり変わってしまい、恐ろしかった」と語っていた。さもありなん。

彼女と水俣病との関わりの始まりは一九六〇年代後半、私が学生運動に敗れて自堕落な生活をしていた頃と重なる。あの時点から今まで、この人は延々と水俣病と一緒に生きてきたのだと腑に落ちた時、学生運動を辞めてから、何とはなしに過ごしたような自分の五十年を思い、震えた。

次の週は睡眠調整のためにではなくて、観ようと思ってその番組を観た。三島由紀夫の出番であった。彼の最後の頃の行動は、今でも納得はしない。三島由紀夫お付きの女性編集者が言っていたが、彼にとっての至上価値は、やはり美であったのだと思う。腹を切って自死する以外に自分の美を全うする術を持たなかったのではないかとさえ思う。

彼が偉いと思うのは、第二次世界大戦が終戦になって、鬼畜米英から一夜にして民主主義礼賛になった世の移り変わりを絶対に認めなかった事である。亡くなった私の兄も言っていた。「○○先生は戦時中盛んに小学生を戦争に駆り立てたのに、一夜にして米国万歳、労働組合万歳に変わってしまった。だから○○先生は信用できない」と。でも、終戦の時、多くの人たちがそうした行動を取った事も事実である。

私は国民学校（戦時中は小学校の事をそう呼んでいた）一年の時に終戦になったので、今説明したような事情は、実際は良く分からないのだが、仮に、終戦の時に成人になっていたとして、三島由紀夫のようなごく一部の人たちを除いた多くの日本人と同じように、鬼畜米英から一日にして民主主義万歳に変わる輩に属していたような気がする。

重いテレビ番組を二回観て、私はここ数日落ち込んでいる。七十六年間の自分の生は一体何だったのだろうか。

今、学長を終えてからのボランティア活動の事を本にまとめかかっている（註）。でもボランティアが何だというの？　単なる自己満足なのではないの？　今、参加している東日本大震災被災地の子供たちの支援だって、本当に彼ら・彼女らの役に立つと思ってやっているの？

言葉はどこまでも追い掛けてくる。
「七十六歳になってこんな事を考えてみても、どうしようもないのだが――」
少なくとも今立ち止まる時間くらいあるだろう。

（二〇一五年三月）

（註）この本は結局まとめることが出来なかった。著書の編集を途中で諦めたのは初めてである。

『From the Ruins of Empire』を読んで（前半）

この本は翻訳書で、「アジア再興―帝国主義に挑んだ志士たち―」というタイトルであるが、このタイトルは、後述する理由で、実際の本の内容とかけ離れており、あえて原文の英語のタイトルを使った。意訳すれば「帝国の腐敗の淵から」とでもなろうか。

そもそも、税込三七四〇円もするこの本を買って読む気になったのは、今、あるいは年相応に、「日本的なもの」とは何かという、不毛な結論しかもたらさないかもしれないテーマが気になりだして、その事に関連した本を、孫引きの連鎖のような形でこの期間読んできたのだが、「日経ビジネス」の対談記事の中で、この本の著者、パンカジ・ミシュラの言っている事が、私の懸案の関心事に一つの答えを与えてくれるのではないかと思ったからである。

四〇〇ページの大著の斜め読みの読後感は、期待以上であったという事に尽きる。我が国の近世史については、単なる史実の羅列的な知識程度ではあれ、問われれば何とか返答ぐらいは出来るかもしれない。もっとも、史実の意味などは、全く理解しようとしないままの話ではあるが。しかし、アジア全体を射程とした近代史については、多くのアジアの国に対する欧米、そして遅れて我が国による侵略が基本になっている事は何となく感じていたものの、アジアの各国の思想家たちが、そのような状況の中で何を考え、何を主張していたのかに関しては、知らないままであった。

著者は、この点に関して、当時のアジアの何人かの代表的な思想家の思想とその思想に基づいて彼らが取った行動について詳述する事により、彼らがいかに当時の西洋のものの考え方に抗って、東洋独自の思想形成を試みたかを紹介している。

我が国で「東洋独自の思想」というと、一般的には日本礼賛の国粋主義的な考え方に重きを置いた系列に属する思想と取られがちであるが、紹介されている思想は、国粋主義を否定するところから出発している。

日本語訳の本のタイトルに使われている「志士」という言葉は、一般名詞としては、志を抱いて事に当たる人という事になるが、幕末に活躍した「勤王の志士」などの言葉を連想させ、明治維新と同時代のアジアの思想家の事を論じている著書のタイトルに用いる言葉としては、まさに無神経そのもので容認しがたい。また、本題の「アジア再興」も、「志士」と同じ文脈に連なる言葉で、著者の意図する事から遠く離れている。こんなタイトルを付けたら売れるとでも思ったのだろうか。

タイトルに文句をつけるのはこれくらいにして、著書の内容に関する感想に戻るが、最も強く印象に残ったのは、アジアの近代史における、「日本の奇妙な立ち位置」についてである。「プロローグ」にしてからが、ガンジー、タゴール、ネール、孫文などの当時のアジアの思想界や政治の世界を代表する名だたる人々が、一九〇五年の日露戦争における日本の勝利をいかに大きな喜びをもって迎えたかを紹介するところから始まっている事に、私は少なからず驚いた。

読み進むうちに、近代における欧米諸国によるアジアの凌辱が熾烈を極めた時に居合わせたこれらの人たちの苦しみは、とても私たちには想像も出来ないものであり、そうした中でアジアの一員である日本が、ヨーロッパに属する（正確には違うだろうが）帝政ロシアを打ち負かした時の前記の思想家たちの歓喜はむべなるかなと思わされるようになる。

アジアにおける欧米のなりふり構わぬ非道なやり口を執拗にこれでもかと言わんばかりに呈示していく様は、著者がアジア出身である事に少しは起因するのかしらと思わされたりもするが、逆の視点からすれば、私たち日本人は、著者が示す、欧米のアジアに対する帝国主義的な侵略という歴史的な事実をあまり知らされてこなかった事を物語っている事に気付かされる。

（二〇一五年十月）

『From the Ruins of Empire』を読んで（後半）

アジアの中で唯一、欧米帝国主義という狼の歯牙から辛くも逃れた羊であったが、いつの間にか狼に化けて、他のアジア諸国の羊に襲いかかっていたという複雑な歴史を持つ我が国においては、著者が詳述する近代のアジア総体の歴史は、神の国日本といった直線的な史観に立って我が国の歴史を見ようとする人にとっては、余計なものとして映ったとしてもおかしくはない。

我が国が、アジアの他の国のように欧米の植民地的な支配を受ける事がなかった歴史的な理由をここで論証する力は私にはないが、アジア近代史において、事実として日本が今説明したような奇妙な立ち位置にいた事は確認しておく必要はあると思う。そうでないと、第二次世界大戦開戦の意義を丸ごと肯定したり、戦前の我が国のものの考え方等を全て良しとする復古に陥り、日本以外の国の事を全て否定してしまうという非を犯し、その結果として嫌中や嫌韓に傾いてしまう事になってしまうのではなかろうか。

現在の中国や韓国の日本に対する政策に関する批判は、それはそれとして論理的になされるべきではあるが、過去において、我が国がこれらの国に侵略して植民地として扱った事実を捨象して、話を進めていってはなるまい。

この著書は、苦渋に満ちたアジア近代史の全貌をしっかりと把握した上で、我が国はアジアの中で何をしたかを改めて考え直す事が必要であると私たちに教えているのではないかと思う。その意味から、この本は多くの日本人が読むべき本の一つであろう。

この本を読んで、感じたもう一つの大きなポイントは、近代における我が国の思想の道筋を辿る試みが結果として不毛なものに終わってしまっているのではないかという事である。

この著書に取り上げられた外国人、前項に挙げた四人の思想家に共通する点は、そのよって立つ思想が、優れて実践とのつながりの中で展開され、場合によっては、実践的な課題を解決するために理論そのものが修飾される事もあった。四人とも程度の差はあれ、実際の政治の中に巻き込まれ、あるいは自ら選択してその中に入り込み、悪戦苦闘を繰り返している。それは、書斎の中で練り上げられる高踏的な理論とは縁遠いものである。

以上の状況下で、彼らを含む多くの明晰なアジアの思想家たちは、イスラム教、儒教、仏教、ヒンズー教などの東洋の主導宗教、主導倫理と真摯に向き合いながら、西洋の物質主義を否定する東洋の思想を模索していった。しかし、日本においては、これらの思想に対応するような、深く掘り下げられた実践的な思想の形成には至らず、タゴールに「新しい日本とは西欧の模倣であります」と言わせた「脱亜入欧」の道を進み、アジア侵略へと向かう精神的な基盤を形作る事になってしまった。

前述したが、この本から学び取らなければならない最も重要な点は、帝国主義社会の中にあって、私たちは、過去において、アジアの同胞に大きな痛みを与えてしまったという事実を我が事として引き受けるという事であり、欧米においてそうであったように、我が国でも、アジア諸国に対する侵略を食い止める思想を大きなものとして形作り、侵略反対運動を巻き起こす事は出来なかったという事であろう。

そのような基本的な認識の上に立って初めて、欧米がアジアやアフリカに与えた長い期間に渡る凌辱に対して、その非を批判する事が出来るのだと思う。ドイツナチズムのユダヤ人に対する非人間的な取り扱いについては、大きく取り上げられてきたが、それ以前の欧米のアジアに対する帝国主義的な浸食の非倫理性については、あまり語られる事がなかったのではないか。著者がその詳細を語る事により、それを白日の下に晒し、読む者にその意味する所を訴えた意義は大きい。

（二〇一五年十二月）

草木塔の心

だいぶ前の話だが、草木塔の事は、以前、書いた記憶がある。なぜ、草木塔について再び書こうとするのか。それは、新年を迎えた今も、殺し合いのはびこる、あまりにも殺伐とした世界の状況は変わらず、草木塔の事を再び理解する事が、今の時点で極めて大事な事であるように私には思えてならないからだ。

そもそも草木塔とは、江戸時代中期に山形県置賜地方で初めて建立された石像で、そこには「草木塔」あるいは「草木供養塔」と刻まれている。草木塔の起源については諸説あるが、主な説は以下のごとくである。伐採された山の木を米沢藩城下まで運搬するのに、川を伝わって木を流して運んだ。その事を「木流し」、それに携わる人たちを「木流し衆」と呼んだが、草木塔は、伐採された木の鎮魂と木流し衆の安全を祈願して建立されたというのである。(やまがた草木塔ネットワークホームページhttp://somokuto.com/参照)

食した動物の供養のために建てられた「動物供養塔」は世界にあまたあるが、草や木の命をも愛おしんで塔を建てるという行為は、この草木塔の建立をおいて他にないように思う。

以下の事は、ベジタリアンの人をいやしめるために言うのではない。が、彼ら・彼女らは自分の生命維持のために他の動物の命を犠牲にする事を拒否する訳だが、植物の存在を射程に入れなければ、私たちの命は維持出来ないという事実にも目を向けなければなるまい。植物が産生する酸素に私たちの生命は完全に依存している訳であるから。食する動物に対する感謝の念だけでなく、植物に対する畏怖・畏敬の念も忘れてはならないのである。

全宇宙の広がりと無限の時間の唯一の交点に生を受けたのだとすれば、全てのもの（大きな広がりの中で考えるとすれば、生命を有していない物質をも含めて）の織りなす循環の中に自分がいるという事を意識する事なしに、自己の生命を語る事はできない。こうした考えの入り口に草木塔はあると思うのだ。

山形大学の学長を終える頃、当時の人文学部長の発案で「草木塔の心―自然と人間の共生―」と刻まれた石像が大学の中庭に建立された。草や木の命をも愛おしんで草木塔を建てた人たちの心を思い起こしてほしいとの意であると見た。今、殺伐とした心で殺し合っている人間たちに同じ言葉を投げ掛けたいのである。

世界の戦争は今、国と国の間の戦争から、国とある一定の組織集団との戦争に変わりつつあるという。戦争に義がある訳もないが、その有るか無きかの義さえもかなぐり捨てた人間同士の殺し合いは、何と呼んだらいいのか。妙な言い方をするが、思考する能力を与えられた自然の中の唯一の存在として、どうやって人間以外の生物に顔向けが出来るというのか。

老人の心は、抑制装置が摩耗してきたから、どうしてもすぐ激昂しがちである。しかし激昂した心であえて言おう。こんな事をしていて恥ずかしくないのかと。

最近「これはやっておかなければならない」とその時思った事は、少し無理をしてでも実行するように心掛けている。死ぬ時に少しでも後悔したくないという事か。

この週末に札幌で開催される「札幌がんセミナー」に参加する事を月曜日に決めた。たまたまその日に到着した「札幌がんセミナー」のプログラムに、数え九十歳になる大学時代の恩師自らが、三十年前に自分の設立したこの学会で、一演者として発表に立つと書いてある事を知った。九十歳にしてなお初年兵たろうとするその姿にお目にかかりたいと思ったのである。

学会への参加と警世の句の発信とは位相が違い過ぎる事は確かである。そうではあっても、この文章の最後に言いたいのだ。「草木塔の心」を持って事に当たる以外に道はなく、またそうすれば、道は開かれるに違いないと。

（二〇一六年三月）

付記　二〇二一年十一月、筆者が代表世話人になって、山形大学の「草木塔の心」碑の脇に、草木塔の説明碑を建立した。

「日本人」って何だ？

そもそも、なぜ日本人論などに興味を持ったのか。それははっきりしていて、インターネットにおける日本人特有の嫌な対応を数多く見出し、なぜそんな事になっているのかを知りたいと思ったからである。またまた、インターネットお爺さんの話なのである。

最近、日本への観光客の数が急激に増えている。政府観光局のデータによれば、二〇一五年の入国外国人数は約二千万人で、前年と比較して約五〇％の伸びであるという。もちろん、種々の理由があって、単純化する事は危険であると思うし、神社・仏閣などの日本の古い文化の価値は侮れないものの、やはり、日本人特有の外国人に対する親切さ、長い行列を作って開店を待つ行儀の良さ、街の清潔さ等々、日本人が作り出している全体の日本社会が外国人を心地良くさせる事が、観光客を増加させる原因になっているような気がしてならない。何よりも安全については、とても日本にかなうところなどない。

「良い所だけではないか。なぜ自虐史観などを抱くのか？　大東亜戦争は聖戦だったのだ」。

しかし、それでは困るのである。戦争に突入していく時は、それを扇動する輩がおり、それに人々は巻き込まれていくのだが、ヒットラーの演説に感激し、「ハイルヒットラー」と叫んで参戦したドイツ人とは違って、我が国が第二次世界大戦になだれ込んでいった理由を考えると、お上の言う事には素直に従う日本人の律義さ、周囲には逆らえない従順さみたいなものが、理由の一部になっているような気がする。その律義さ・従順さが、場合によっては付和雷同につながっていくのである。

一方、戦争を推し進めた軍部の中枢にしてからが、戦況が我が国に不利であったにもかかわらず、開戦の決定に至った論拠を明確に示してはおらず、「全体の空気がそうさせた」と多くの関係者が述べているだけである。一国の運命を左右するにはあまりにも情けない話ではある。しかし、他人事として嘲る事もできまい。現在でも、場の空気を読めるか、読めないかが、その人の判断力の重要な決定因子の一つと見なされているのだから。

少し、話を変えるが、私は人の結び付きを表す「絆」という言葉があまり好きではない。東日本大震災後にこの「絆」という言葉が多くの機会に使われた。しかし、どうしてもこの言葉にはマイナスのイメージが付きまとってならない。そもそも、「絆」は強いられて出来上がったものではないのか。事は、水田での稲作が始まった頃にさかのぼると思われる。田んぼの水の流れは決まっていて、それを変える事はまずできない。上流に位置する田んぼから下流の田んぼへと、厳格な水管理が行われた上で、水田での稲作は成立していたのである。その厳格な水の管理を維持するために掟が作られ、それを基盤にして「絆」は結ばれたのである。掟を破った人は「絆」からはじかれ、村八分にされる。「絆」の引力が、人々を均質にし、掟を破らない従順な人間に育てていった。島国という条件は、このような風土をさらに育むのに手を貸した。

さて、テロの嵐が逆巻く現在の不安定な世界の中にあって、日本の安全さは何にも代えられない貴重な資産といえるが、この安全を保証している整然とした社会構成が、逆に将来に向かっての大きな不安材料である事も事実であろう。我が国のIT産業がマスとしてそんなに世界で見劣りするとは思わないが、ジャンプして新しいITを構築する能力は明らかに劣っている。他と違う事を良しとしない世界では、飛翔する事は困難なのである。規則を守りながら国造りに営々と精を出す官僚の姿はこの国に合っているのかもしれない。

自分の死期が近い事から、老人の話はすぐ悲観論になるが、悲観する事などない。私は「お茶」をやらないが、日本人が生み出した、ごく狭い空間で織りなされる茶道の心など、私たちの祖先が生み出した文化の内容は奥深く、尽きるところがない。

（二〇一六年六月）

Post Truth

昨年十二月初旬、朝日新聞の記事で見つけた話である。postは「後」を意味し、他を当たると「重要ではない」という意味もある。truthは真実、事実。"post truth"とは、「世論を形作るという点では、事実や真実が大きな意味を持たなくなった時代」とある。そして、この"post truth"という言葉を、世界最大の英語辞典、オックスフォード辞典が二〇一六年の年の言葉に選んだと記されていた。

要するに、英国の国民投票によるEUからの脱退、米国の大統領選挙におけるトランプ氏の勝利などが、客観的な事実や真実に基づいて決まっていったのではなく、感情的な訴え掛けによって（post truth）そうなったのだという論旨である。そして、オックスフォードは恣意的にこの言葉を年の言葉としたのではなく、種々調べた結果、post truthが二〇一六年に最も多く使われた言葉なのだという。

すぐに、第二次世界大戦におけるナチスの台頭の事が頭に浮かんだ。「大変な時代への入口ではないのか？」。というのも、二〇一六年における前記二つの出来事の他にも、ＥＵ各国における いわゆる右派の台頭など、感情に訴える事によって、人々を一定の方向に誘導しようとする動きが、世界的な流れを形作っていこうとしている事が危惧されるからである。年賀状にこの事を短く記し、今回は『光の子』で触れる事にした。

『光の子』に書くとなると、間違った事を書いてはならないし、言葉の背景にも少し触れなければならないと思い、〝post truth〟をキーワードに、例のごとく、Googleで調べてみた。と、思いもかけない連鎖に私は引きずり込まれていく事になってしまった。

事はそんなに単純ではなかったのである。前段の話の成り行きからすると、〝post truth〟という状態は、決して好ましいものとは思えない筈であるが、必ずしもそういう解釈だけでもないらしい。

土曜の夜のＮＨＫＥテレが面白い事は以前にも記したが、若手の論客による討論会を正月の深夜のＥテレで二時半まで見ていた。〝post truth〟是か非かと論じた中で、是とする人たちが半数近くいた。この言葉の字面の意味を問うだけではなくて、それが膾炙された社会背景を問題視し、なぜ多くの人々が事実を肯定しなくなったのかを尋ねる必要があるのだと彼らは言う。いわゆる、新自由主義経済で、経済格差が拡大し、米国で言えば、白人の労働者層は将来に夢を繋げる状態ではなく、富裕層やインテリなどに対する不満が蓄積し、それが爆発したのが、米国の大統領選挙だという事である。それが"post truth"の一つの実態であるという論旨である。だからと言って、post truthという状況を肯定する気には私はなれないが、不合理な社会状況を暴いたという意味では、"post truth"という言葉には価値があるという事になるのかもしれない。

我が国でもpost truthに触れた文章がたくさんあったが、おしなべて、ああでもない、こうでもないと一般論を論じているだけで、まさに平和ボケそのものである。

私が唸ったのは、世論は単に扇動家によって煽られて出来ていくだけではなく、認知科学に基づいたコンピュータ操作で作り上げられていく場合もあるのだと知らされた時である。実際、米国大統領選挙ではこの技術が使われたという。「ITは悪魔の囁き」とよく言われるが、「IT=良きもの」を信じ切っている一老人である私は、意に介さなかった。しかし、今になってみると、「ITよ、お前もか」といった感じではある。

いずれにしても、post truthの話から離れても、世界が、何かきな臭い匂いを上げながら、この何十年間とは違った、壊滅的な方向に向かって動いていくのではないかという疑いが私の中から一向に消えていかない（post truthの日本語訳は「ポスト真実」というのだそうだが、訳の分からない訳で拙文では使用しなかった）。

（二〇一七年三月）

Heavenly Blue

私は武骨者で、テニス以外にあまり趣味がない。絵や音楽に蘊蓄を傾ける人たちはあまり得意ではない。自己弁護をすると、全く感性が摩耗している訳ではなく、時として音楽や絵に感動する事はある。ドビュッシーの「牧神の午後への前奏曲」は何回聞いても、川の流れるような音のつながりが心を鎮めてくれるし、ゴーギャンがタヒチで書いた絵は、ギラギラした感じが好きである。

といった事で、草花の名前などにも無頓着であった。一方、妻は草花の名前にめっぽう強いと私には思えるのだが、その道の人から見れば、たいした事はないのかもしれない。

ただ、私も、妻が花壇に植えてある花には気を留める事が多くなってきた。間もなく八十歳になる身にとって、論理的な事はどうしても弱くなる。論理の基本的な構成要素であるバラエティに富む単語群の中から一つの単語を選択するのが、とても困難になってきた。文章を書くのに要する時間が大幅に増加した。その分、音や色に感じたりする感性は鋭くなるのかもしれない。

ここ数年、妻は朝顔を鉢植えするようになった。「何本咲いた、今日の色合いはどうだ」といった朝顔の話が、夏日の話題に上るようになった。私と妻は両方とも意固地で（妻は違うと言うだろうが）、話は長く続かない事が多いが、朝顔の話は楽しいからだろうか、別の話にまで飛んで行って、続く。

今年も彼女は朝顔を植えた。ところが、朝顔が咲く筈の夏になっても咲かない。妻が作ったネットの上を蔓が伸びていくだけである。私は密かに「失敗したのだろう」と思っていたが、確か九月の末頃になって、それは咲き始めた。しかも、一日に十数個もの花が咲き、去年までとは事情が違う。ただちょっと困ったのは、前日に咲いた花が残っていて、それは当然にも、今朝咲いた花とは比べようもなく惨めで、朝顔全体の景観が損なわれる。去年までは、方丈記の一段ではないが「――花のこれり。のこるといへども、朝日に枯れぬ」という事で、昨日の花は潔く枯れ落ちたのである。後になって、妻から今年の朝顔は「西洋朝顔」といって、昨年までのものとは違うのだと教えてもらった。

こんな時はすぐGoogleの出番である。「西洋朝顔」でググってみると、それは、我が国の朝顔とは違う種で、秋口に咲き始め、霜が降りる頃まで咲くとある。この原稿を書いているのが十一月の末で、もう初雪も降ったが、今朝二つの朝顔の花はまだそこにあった。というよりも咲こうとして頑張ったとでも言おうか。花のがくから顔を出した紫に近い青色の蕾は、開く前に低温に曝され、凍ってしまい、くじけそうで垂れたままである。咲く前に命の終わりに向かって進んでいったという事か。

そして、ウィキペディアには、朝顔の別名として「ヘブンリーブルー」とある。言葉として何と美しい響き、そして盛りの頃の、透き通った青を何と律儀に伝えている事か。和訳の「天上の青」ではとても表し切れない「Heavenly Blue」。ところが、ところがである。

Heavenly Blueでググってみると、「Kalafinaが歌うheavenly blue（アニメ「アルドノア・ゼロ」オープニングテーマ）」の項目だけが並んでおり、私が探す花の名前としては、ややしばらく探してやっと出てくる始末。

恥ずかしながら、私は、Kalafinaというヴォーカルグループも知らないし、アニメ「アルドノア・ゼロ」も存じ上げない。仕方ないから、YouTubeで曲を聞いてみた。確かに、いい曲ではあるが、若い人たちに袋叩きにあう事を覚悟で言えば、この曲はHeavenly Blueという言葉には釣り合ってはいないと感じた。何か、曲に名前を付けた人は、夢見がちな語感だけを一人歩きさせたのではないかと思う事しきり。

（二〇一七年十月）

北海道激甚災害に想う

北海道厚真町の緑一面の山が、一瞬にして土色と緑のまだら模様に変わってしまったのをテレビの画面で見た時、自然の恐ろしさに慄いた。さらに、地震前の緑の山と、地震後の山の像が同じテレビ画面に並置して示された時、その時感じた恐怖は苦渋に満ちた自分の振り返りへと変化していった。

「科学は自然を克服する」と繰り返し叫ばれてきた。何と傲慢な、無知な言辞である事か。人間が自然の中心であるとする人間中心主義から、自然の懐に抱かれて人間が生かされているという自然に対する畏怖・畏敬の念への転換の必要性が自然災害の度に語られながら、自戒の念も含めて言うのだが、時を経ると、その事は忘れ去られてしまうのが常であった。

自然に対して畏怖・畏敬の念を抱きながら人間が生きるという事はどのような生き方を指すのか、その解はなかなかに難しい。少なくとも、生きとし生けるものに対する感謝と慈しみの心が、その礎としてなければならないだろう。動物としての人間は、酸素を植物に頼り、体の構成成分の多くを他の生物の生命、さらには命のない物質たちに依存して生きているのだから。食した動物を供養するための動物供養塔は、広く世界的に建立されている。しかし、私たちが食するために犠牲にしている命は、動物だけではない。植物の生をもむしり取る。以前にも何回か触れてきたが、草や木の命をも愛おしんで、主に山形県で建立されてきた「草木塔」は、自然に対する畏敬の心を表現した人間の一つの生き方だと思う。

山形大学の学長をしている時に、大学の理念として「自然と人間の共生」を掲げた。人間の欲望を満足させるために、自然を破壊してはならない事を、諭したものである。行動規範としてはもっともな事だと今も思っている。しかし、「自然と人間の共生」という表現によって、自然と人間を等置する事は、自然観としては間違っていると、まだらの山を見せられた今思う。

数学と物理に弱い文系人間なのだが、最近なぜか、宇宙論のエッセイを好んで読む。と言っても、数式が出てきてよく理解出来ないところも多いのだが、宇宙の壮大さが、夢物語ではなく、宇宙物理学の目で、科学的に提示されている様は驚嘆に値すると思う。このような事実に触れると、自然を知る自然としての人間の位置は、私たちの知る限りの宇宙の中では特別な存在という事になる。「科学は自然を克服する」事は出来ないが、科学は少しずつ、自然を、そしてその大元の宇宙を理解しつつある事は間違いない。そして、最近得られつつある宇宙科学の結果から推し量ると、宇宙の中に自然があり、自然の中に人間が生きているのである。自然と人間は等置出来ない。

このように、壮大な、美しい宇宙の中の一つの存在である人間たちは、戦争という名の下に、合法的にお互いを殺し合う。殺し合いは自然の摂理だというかもしれない。しかし、同じ種同士の殺戮は、言われているほど多くはない事も知られている。少なくとも地球上では人間にしか与えられていない意識を介して、宇宙と自然を知る存在である人間は、その意識故に、人を憎み、貶め、殺そうとする。他人事のように言っているが、そんな事は許されない。自分の心にもそんな想いが、くすぶっている筈なのだ。

恩師の札幌がんセミナー理事長の小林博先生が、今私が働いているみゆき会でお招きした講演会で、恐竜が巨大隕石で絶滅した事が明らかになってきた事を話し、地球がその隕石に衝突するという偶然がなかったら、恐竜は存在し続け、人間の誕生はなかったに違いないと推理していた。彼が言いたかった事は、宇宙は壮大であり、その中の人間はいかに小さな存在であるかという事であったと思う。

小さな、しかし宇宙を知る存在である人間としていかに生を全うしたらいいのか、自分自身の問題として捉えながら、死に向かって歩いていきたい。

（二〇一八年十一月）

宇宙に想いを寄せながら

数学と物理が苦手である。「医者でそれはないだろう」という声が聞こえる。しかし、少なくとも、私たちが学んだ医学は、数学と物理が出来なくとも大丈夫だった。基礎医学の一つである「電気生理学」などは、物理が出来なくては話にならないし、その道の専門家は、数学や物理に長けているが、医学一般に両者は必須ではない（と私は思ってきた）。

なぜ数学と物理が不得意なのか、ありていに言えば、その方面の頭が悪いという事になる。自己弁護のために言わせてもらえば、数学に関しては計算力が抜群に弱い事が一つの理由である。数学の計算だけではなくて、具体的な物事を、順序立ててきちっと仕上げる事がまるで駄目である。大雑把な事を考えて、詳細は他人にやってもらって、世の中を生きてきたという事になる。物理に関しては、高校の時の教師の授業がひどくつまらなくて、大学入試の受験科目に物理を取らなかった事が、物理嫌いを助長した。

ところが、ここ数年、宇宙もののエッセイに凝っている。宇宙の学問と言えば宇宙物理学が基本で、物理に疎い人間は、宇宙の事を語る資格がない事は、重々承知している。確かに、最初は物理学の式が出てきて閉口したが、何回か付き合っているうちに、少しずつ理解出来るようになってきた。そもそもが、理屈っぽい事が好きな人間なのだが、宇宙の話はとても理屈っぽい。ここまでは理論で説明出来るし、観察でも実証されているが、その先は不明であるというような、限定を付けた話で満たされていて、世事のように、何ら限定もなしに、そうかもしれないし、そうではないかもしれないというような話はない。

宇宙についての著作を読む前は、ブラックホールなどと聞くと、なにか胡散臭いような感じがしたが、現在ではなるほどと思わされるまでになってしまった。と、思っていたら、なんとごく最近、ブラックホールが映像としてテレビに映し出された。また、現在の宇宙の始まりにおいて、瞬時にとんでもないエネルギーの生成が起こったという事も、理論だけではなく、実験宇宙物理学における観察によって実証されるようになってきたところが凄いと思う。

宇宙についてのエッセイを読むようになって、思考の基礎として最も疑問視するようになった事は「常識」である。宇宙は、我々が何となく信じてきた、いわゆる常識とはかけ離れた事どもによって満たされているようだ。つまるところ、常識とは我々が生かされているこの場所で起きた、この時間における出来事を規範とする考え方である訳だが、宇宙の成り立ちを考えると、今ここで起きている事は、過去には起きなかったものも多くあり、また未来には起こらない可能性の方が大きいと言えよう。宇宙の最大の特徴は、動いて、変わっていくという事だから。

最近読んだ宇宙ものエッセイで、百三十八億年前に誕生した現在の宇宙の他にも宇宙が存在する可能性が書かれていた。そんな事が、SF小説ではなく科学的な読み物として書かれている事が、なぜか嬉しい。また、NASA（米国航空宇宙局）が毎日インターネットで発表しているSpace.comの中で、「二千億個も存在する現宇宙の星の中に、地球と同じように、高度な知的機能を備えた生物の存在している星がないと推定する方がおかしい」みたいな事を述べていた。宇宙人の話は、そこまで来ているのである。今の話を聞いて「とうとう認知症になったか」と今思われた方も多かろう。そうではない。もし認知症になったとしたら、それは私ではなく、NASAの方である。

宇宙の事を気に掛けるようになって、大きく変化した事は、気分がゆったりしてきた事である。もちろん、毎日世事に振り回されている生活ではあるが、世事に悩まされてふさぎ込むような事はなくなった。なにせ、宇宙の事ときたら、桁が一千兆くらい違うのだ。悩んだって仕方ないという想いが先に立つ。そして、なぜか、生きている事が楽しくなってくる。

（二〇一九年五月）

『人新世の「資本論」』を読んで

斎藤幸平著『人新世の「資本論」』というベストセラーを読んだ。三十四歳にして国際的にも名の売れた哲学者らしいのだが、その堂々とした語り口を見て、「こんな学者が我が国にも育ってきたのか」と感慨を深くした。もっとも、彼は高等教育のほとんどは、米国、ドイツで受けており、これまでの活躍の場もヨーロッパだったのだが——。

それは、利潤のみを追求しなければ成り立っていかない現存の資本主義を否定する内容であり、マルクスの若い頃の論理をベースにしている。ただ、マルクスをその創始者とする社会主義・共産主義は、そこに至る過程に革命を想定しており、実際にロシアや中国において革命が起こった訳だが、革命のプロセスをこの本の著者は追認しているわけではない。彼は、いわゆる一般市民が積み上げていく協同組合様の組織を基盤に置いた、下からの改革を考えており、その点は従来の社会主義思想とは根本的に異なる。

私にとっては、この本は、二十代から三十代にかけての自分の精神史を思い出させてくれる格好の機会を作り上げてくれた。一年浪人して北大に入学したのだが、折しも六十年安保闘争の真っただ中であり、私はアッという間もなく、その中に巻き込まれていった。「巻き込まれた」という表現は、まさに私の当時の精神状況を示す言葉としては適切だと思う。私は何も高邁なマルクス哲学を理解して、運動に加わった訳ではない。ただ、そこでも幸運だったのは、その集団の中心にいた人たちは、いずれも他界してしまったが、唐牛健太郎、島成郎、青木昌彦といった、歴史に名を残した、極めて良質な人間たちであった事である。

その人たちに導かれる形で学んだのがマルクスの初期思想であり、そこには、「皆好きなだけ働いて、好きなだけ取る」という共産主義の理想が記されていた。私はその発想の素晴らしさに狂喜した。本棚から探し出した当時読んだマルクスの本には、ぎっしりと赤線が引かれてあり、書き込みもたくさんあった。

いずれにしても、この度、斎藤幸平の著書を読んで、遠い六十年も前に学んだ思想が、現在の時代背景の中で、一つのあるべき姿として生き生きと描かれている事に、私は密かな喜びを感じた。後世では散々こき下ろされる事になる運動であったし、その中に身を置いた事は、私の人生の苦渋に満ちた部分を形作ってきたと思っていた。しかし、二度読み通した斎藤幸平の本の記述を参考にして振り返ってみると、私の参加した運動は、少なくとも当初は、学生たちの初々しさを秘めた、現在の新しい社会の方向性につながる社会運動であった事に気付かされた。

利潤だけを求める、現在の資本主義の姿を是としない考え方は、世界の政治の中で広まりつつあるだけでなく、思想界の中でもかなり有力になってきており、件の斎藤氏もそうした考え方を展開している学者たちの中の、有力メンバーの一人という事らしい。

ロシア革命による社会主義国家成立を端緒とする、多くの社会主義国家の勃興は、不平等の是正という成果を現出はしたが、一方で、権力による社会の統制という、いわば後ろ向きの社会構造を作り出さざるを得ず、決して理想社会に一歩近づいたとは言えない状況だったような気がする。そうした中で、資本主義の矛盾を克服し、より平等な社会を構築しようとする新しい試みが、人間社会に生まれつつあると、今の社会を読み取りたい。人間は、「行きつ戻りつ」の中ではあるが、少しずつ利口になっていくのではないだろうか。

(二〇二一年十二月)

老いと付き合う

流涎の跡

何かの拍子に頬杖を突いた時に、手のひらがねばついて、右頬から喉にかけて肌に何かが付着している事に気付いた。気持ちが悪く、近くにあったティッシュを重ねてペットボトルの水で濡らして肌を拭いたが、なかなか拭き取れない。

そんな事があったのを忘れていた頃、同じような事がまた起こり、想いを巡らした。事の次第を思い返してみる。事に気付いたのは二回とも、勤務先に到着してまだ時間の経っていない午前中だった。「待てよ。あのガムではないか?」。この数年間、私は勤め先へ向かう運転でハンドルを握る時に、眠気覚ましのガムを二個頬張る事が習慣となっていた。今では、眠気を覚ますという初期の目的はすっかり忘れ、ただ習慣としてそうしている。思いたくはなかったが、ガムを噛んでいる間に涎が垂れて、頬を濡らしてしまっていたのか。

次の日、いつもながらガムを噛みながら運転途中、右頬に触れてみると、濡れているではないか。ガムを口腔内の左側に移して噛んでみると、涎は出てこない。という事は、私はいつもガムを口腔の右側で噛んでいて、右の口角が緩んでいるから、そこから涎が流れ出ていたという事だ。涎が流れてもしばしの間、気付かないでいるという事も忌々しい。

そんな事があってからの毎日の運転は忙しい事になった。頻繁に右口角に触って、結果として涎が口角を汚している事に気付く。その繰り返しである。運転をしながらぼんやりと思いあぐねる事など、特に老人にとっては危険極まりないのだが、あれこれ運転中に考えているうちに、涎を流す習いは、前からすでにあった事に思い当たった。

十数年前にいわゆる変形性膝関節症に罹患したが、その予防・治療のために、主治医である医学部教師時代の教え子の教えを守って、二日酔い以外の時は毎日、朝、ベッドの中で、一時間ほどリハビリのストレッチをしている。その一つのコースに、うつぶせになって体を左右に動かす運動がある。思い起こせば、その運動が終わった後に、口の部分が当たったベッドの箇所が濡れている事が多かった。あれはいつ頃からだったか。

涎騒ぎで悶々としていた時、勤め先の老健のカンファレンスで、一人の職員が「りゅうえんがひどく——」と発言した。私はこの言葉を知らなかったが、話の流れから涎を流す事だろうと思った。ところが、「りゅうえん」で辞書を引いても「流涎」は出てこない。困った時のGoogle頼み、Googleであちこち彷徨ってみたところ、「流涎」は「りゅうぜん」と読み、「りゅうえん」「りゅうせん」とも読むとある。何かややこしい。

癪に障るから、Googleで「流涎の原因」「老化と流涎」「流涎の治療」など色々と当たってみる。「唇を真一文字にする」「唇をすぼめる」などの口の周囲を取り囲んでいる口輪筋のストレッチが予防・治療に効果があると書かれている。手足や体幹のストレッチならいざ知らず、唇までストレッチしないと、老化には勝てないという事か。これまで随分唇は動かしてきたつもりなのだが——。

やけっぱちになっていてもしょうがないと思い直してみる。素直に自分の老化を認めて、そこから出発する事が肝心である事を自分に言い聞かせる。先日、勤務先の看護師さんに「つい一週間前に先生が言った事なのに」と抗弁されたばかりではないか。涎の事などを気にしている余裕などない筈なのである。他人に迷惑をかける年齢になってきた事を自覚する事から始めなければなるまい。

それにしても、先日のNHKEテレの「むのたけじ　100歳の不屈」はすごかった。百歳にして大きな声で反戦を叫び、「叫びながら死ぬ」と言い、実際にテレビ出演後、一年ほどで亡くなった。終戦の日に朝日新聞を退職した「ど根性」あっての事だろうと思う。あんな死に方はもちろん出来そうにないが、辛い事からあまり目を背けずに生きていきたいものだと思いながら、右頬に触れてみると、流涎の跡は、ねばねばしてやはり気持ちが悪い。

（二〇一六年九月）

老健施設から見えるもの

今勤めている老健施設「みゆきの丘」に施設長としてお世話になって四年近くが過ぎた。最初は「ハンコ押し」施設長の感があったが、次第に否応なく介護の現場にも関わるようになってきた。「現場に関わる」などと言ったら、介護士の人たちに「お主、偉そうに何を言うか」と怒られそうではある。それほど介護士を中心にした介護の現場は過酷であり、私は、そこに言葉通りの意味で関わっているとはとても言えない。

何しろ、私を含めて年寄りは、身体的にも、精神的にも衰えてきているのに、気位だけは高く、他人の言う事を聞かない人が多い。そこが介護者の一番の苦労の種である。まだまだ体重の重い老人を抱えて車椅子に移乗させ、食事摂取の介助をし、下の世話までしてあげて、挙句の果てに悪態をつかれる。仕事とはいえ、老人を愛おしむ心がなければ、続くものではないと思う。

それにしても、入所者は、かわいい老人と憎らしい老人にはっきりと分けられるような気がする。私などは、七十八歳になってもまだ人間が出来ていないようで、そんな事をしてはいけないのに、憎らしい老人の診察はどうしてもおざなりになる。何しろ、「おはよう」と言ったのに、にらみつけられるのである。しかし、よく調べてみると、随分前にパーキンソン病の疑いの診断を受けていて、「仮面様顔貌あり」と記されており、私を睨んでいるのではないのかもしれない。情けない話である。そんな時にも、一緒の介護士は優しい顔と声で「憎らしく見える」老人にかいがいしく対応している。

老健施設は、制度上は、病院での入院治療は一応終了し、自宅に帰宅出来るようになるまで入所するいわゆる「中間施設」であるが、老健の受け皿となる自宅での介護はそう簡単に出来るようになる訳ではないので、老健に長期にわたって入所している人も多い。

国は「自分の育った地域でみんなの協力で老後を過ごす」といったスローガンの下、老健から自宅へ帰ってもらい、いわゆる在宅介護を行うよう行政指導している。もちろん、高齢化社会到来による医療・介護関係経費増大の抑制が目的の一つである事は疑いようもない。

国が新しい施策を実行する際によく用いるのが利益誘導であり、今回の在宅復帰支援政策も、それに沿った取り組みを実行する施設には、それなりの加算が付く事になっている。帰宅できそうにない入所者にそれを強いるような事があってはならないといつも言っているが、帰れそうな元気な老人は目につく。私とて、経営者のはしくれのつもりなのである。

ある時、足腰のしっかりした、頭もしっかりしているインテリ風の長期滞在のご婦人が目に留まった。「――さん。どうして帰れないの？」と相談員に聞いてみた。「家族が絶対駄目だ」と言っているとの話、よく聞いてみると、彼女は昔、激しい嫁いびりをしたから、嫁さん――と言ってもかなりのお年であろう――が彼女の帰宅を拒否しているとの事である。

近くにいるのにさっぱり顔を見せない家族がいる一方、遠くから毎日のように出掛けてきて、経管栄養で生を保っている夫の介護に余念のない奥さんもいる。まさに人様々とはこの事かと思わされる。

人は生きたように死んでいくと言われるが、一人の人の老後も、その人のそれまでの生き様を反映したものである事を、老健に入所している人たちの話から感じる事が多い。

それにしても、学生時代、心を病んでいた教え子が、体の病まで患い入所してきた時には驚嘆した。私の事に気付いたらどうしようかと悩んだ。というのも、心を病んで過ごした学生生活は楽しいものであった筈がなく、久しぶりに会った元教師の記憶が、決して楽しくなかった学生の頃へのフラッシュバックへと繋がっていく事もなしとは言えないからである。

彼の容貌も変わっていたが、私もそうだったのだろう。随分と注意して対応したつもりでもあったが、私が心配したような事は何も起こらなかった。音楽好きを知った介護士が部屋に流してくれていたＦＭの音楽に送られるように、体の病で彼は旅立っていった。

（二〇一六年十二月）

想い煩いながら

大分前に、十二月一日が原稿の締め切りであると『光の子』の編集者から連絡が来ていた。前回の原稿をようやく送ったところでもあり、さて何を書いたものかと思案し続けたが、これを書いてみようと意気込むような題材に巡り合わない。というよりも、正直に言うと、自分の歩いてきた道に触れながら文章を書いてみようと思うのだが、筋道を考えていくうちに、人様の前で触れては差し障りのある事柄にすぐ出くわしてしまう。しかも、それは、私の生を現在のようなものに成らしめた重要なポイントになっていると思われる事柄なのである。話の筋から省く訳にはいかない。自分だけの事なら良いが、他の人にも迷惑を掛けてしまうような言葉は慎まなければなるまい。暗い道に迷い込む事の多い生き様ではあったと今想う。

それにしても、想い煩う事の何と多い事か。「思い」と「想い」の違いは、いわゆる思考がそこに入ってくるか否かであると理解するが、私が陥っているのは、あくまでも「想い煩い」であり、そこに思考の影はない。

「思い」と「想い」、両者の煩いから解き放たれる事を仏教は説き、一人の若い僧侶は、その先に青空を見るという。山頭火の「分け入っても分け入っても青い山」の句に通じるものか。否、山頭火は解き放たれなかったから、青い山に一縷の光を見ようとしたのか。

十一月五日、私は札幌にいた。私の出身の北大癌研から二名の大学教授が誕生し、そのお祝いであった。最初、悪いが失礼しようと想っていた。次の日、十一月六日正午に、山形県在住の秋田県人会の予定が以前から入っており、それは会長をしている私の都合に合わせて決められていたからである。しかし、それがしのお祝いも含んで開催する事になったから、是非の参加をとの連絡が北大癌研の会の幹事からあり、断るのも辛くなり参加した。仙台―札幌便往復の飛行機でとんぼ帰りをすれば、計算上は二つの会に出席出来る筈である。しかし、冬期、北海道便は予定通り飛ばない事も多い。

見事に心配は当たり、六日七時五十分札幌出発予定の仙台行きANAは、雪のため欠航もあり得るという事で、二時間半、機内に閉じ込められていた。運の悪い事は続くもので、秋田県人会の冒頭で「健康セミナー」の話を三十分する予定になっていた。幹事の携帯電話の番号を妻に調べてもらい、その幹事に携帯電話で事情を説明した。相手のがっかりした空気が電話の向こうから伝わってきた。「分かりました。頑張ってみます」。いつもはとても元気なその方の声はくぐもっていた。

それでも、飛行機が出発すると決まった時は、一人で小さな拍手をしてしまった。正午の開会には間に合いそうにないが、午後一時過ぎには会場に到着して、「健康セミナー」をキャンセルした事を皆に詫びる事が出来そうだと思ったからである。

ANAは十一時四十分に仙台空港に到着し、迎えに来ていた息子に「捕まらない範囲で飛ばすように」命じ、妻の示唆もあり、幹事に「酔っぱらって話を聞いてもらう覚悟なら、セミナーをやる」旨、また携帯で連絡を取った。「先生、やりましょうよ」。弾んだ声が、携帯の向こうから聞こえた。幹事の機転で、予定になかった多くの人たちに最初に挨拶をしてもらったとの事で、私が到着した時は、飲み方が始まったばかりで、皆は私の話をおとなしく聞いてくれた。話が終わって、次々と酒を注ぎに来てくれる人たちの杯を、全て飲み干した。何とかお役目を果たした安堵感が、私をひと昔前の多飲大魔王にした。その日は息子を相手に、延々と家で飲み続ける羽目に陥ってしまった。

「何ともならない、否、何とかする」、飛ぶかどうか分からない飛行機の中で悶々としながら、電子機器の使用許可が出たので、山形の息子の携帯にメールを送り、その返事を受け取ってまたメールを送るという操作を頻繁に繰り返した二時間半は私に極度の緊張をもたらした。アドレナリンの過剰分泌だろう、喉はカラカラに渇いていた。その様は、まだ生々しく残っている。想い煩う事を性懲りもなく繰り返しながら、老いの日々は過ぎていくのだろう。

（二〇一七年一月）

傘寿のお祝い

「傘寿」という言葉をご存じだろうか。還暦、古希、喜寿、米寿などと比較すると、あまり人口に膾炙されていないが、傘の字を分解すると八十となる事から、八十歳のお祝いを意味する。私は秋田県の田舎の育ちで、卒業した中学校は、今はもうその名前が無くなってしまった西馬音内《にしもない》中学校である。その中学校を卒業した数え八十歳の同級生約四十名が、その昔、山内村と呼ばれていた山深い地区にある温泉宿に集まってのお祝いである。

私はまだ毎日働かせてもらっているが、皆は悠々自適の身であるようで、日曜日の宿泊であった。料金が安い曜日なのであろう。何と、温泉の地元の山内中学校の傘寿のお祝いも同じ日に同じ温泉場で開催される旨、入口の掲示板に書いてあった。大浴場に入っていくと、同級生の懐かしい顔の他に、同じ故郷訛りの言葉を話している同じ年格好の集団がいた。山内中学校卒業の傘寿のお祝いの人たちなのであろう。

古希のお祝いの時の事はよく憶えている。秋田の故郷からはかなり離れた岩手県の花巻温泉で開催されたのだが、学長の職を終える僅か前の頃で、新幹線の新花巻駅から何かあわただしく帰路に就いた。新花巻駅で、新幹線で帰るという中学校同級の初恋の人に、「学長を終えたら、シニアボランティアで南米のパラグアイに行くのだ」と誇らしげに語ったのだが、彼女はあまり興味を示さず、「また元気で会いましょうね」と言い残して、私とは反対方向の電車に乗っていった。それ以来、彼女とは会っていない。彼女は同級会皆出席だったのだが、今回の傘寿のお祝いの前の喜寿のお祝いに出席しようとしていた矢先、脳卒中で倒れてしまったのだ。

それにしても、同級会に出席する人たちの顔ぶれは、大体いつも同じだなあと思う。「あれ？――さんは？」と言うと、大体は病気中である。亡くなる人も増えてきた。前回の喜寿のお祝いの時に、二日目は観光で、昼食は有名な稲庭うどんの店であったが、同席して、「もうちょっと食べようか」と二人でお代わりをして稲庭うどんを食べたI君の名前は、喜寿から今回の傘寿までの間に鬼籍に入った人たちの名簿の中にあった。年をとっても愛くるしかったI君の表情が思い出され、辛かった。

数え八十歳になって同級会に参加出来る人間は皆幸せなのである。参加した四十名の人たち全員が自前のお金で傘寿のお祝いに参加した訳ではあるまい。息子、娘、嫁などに恵まれているから、「行って来たら？」と費用を負担してくれて、参加した人も多いのではないか。

話題は当然ながら自分の病気の事が多く、勢い、一応、医師免許証を持っている私は俄か病気コンサルタントになるのだが、無責任な事も言えず、冷や汗ものである。ただ、皆の表情はおしなべて明るく、八十歳にしては闊達であった。何しろ、二次会が終わったのは、午前様に差し掛かる時であった。呑兵衛の秋田県人であるにしても、である。

最も強く印象に残っているのは、県の収入役を経験した人で、脳卒中で倒れた後、しばらく同級会には出席していなかったが、今回車椅子で参加した人である。朝食が終わった後に、話を聞きに彼の隣の席に行くと、県庁時代の話を熱っぽく語ってくれた。彼からは、その後、傘寿のお祝いの時を懐かしむ暑中見舞いが来た。印刷されたものだった。みんなに送ったのだろう。

米寿のお祝いの会開催の話にもなったが、心なしか熱のこもった話には至らなかった。「自分は八十八まで元気に生きて、お祝いの会に来れるかなあ?」との想いが皆の脳裏をかすめたのだろう。皆の表情が一瞬曇ったような気がした。こんな時私はいつでもおせっかい屋である。同室の東京在住の二人に、米寿の前に東京で一回会を開いたらどうかと提案した。東京開催なら、横浜に住む初恋の人は、片麻痺があっても、参加できるのではないかと瞬時想いを巡らせた事は白状しなければなるまい。

（二〇一七年九月）

看取り考（一）　去り行く人々に寄り添いながら

現在の職場、介護老人保健施設（以下、老健施設）「みゆきの丘」にお世話になって、この三月で六年が過ぎる。あっという間であったが、その間これまで経験した事のない事どもにも出合った。

その一つは「看取り」の仕事である。以前は、自宅で家族に見守られながら息を引き取る方が多かったが、最近では八十％以上の方が病院で亡くなる。ただ、国の施策もあり、自宅や病院ばかりではなく、介護施設で息を引き取る方も少しずつ増えてきた。みゆきの丘の入所者も、この数年、施設で亡くなる方が増加してきて、平成二十八年度は十三名、平成二十九年度も（平成三十年二月九日現在）十三名の方々が、みゆきの丘で息を引き取られた。ほとんどの方は、いわゆる看取り介護を受けながら最期を迎えている。

看取りについて日頃考えてきた事を、自分の経験を中心にして、語ってみたい。ただ、稿を進めるに当たり、ここで本格的に看取りの意義等について説明しようとするとなると、なかなかに大変である。看取りとは、つまるところ、人間の生死に関わる行為で、場合によっては、一人の人間の生を操作してしまう危険性も無いとは言えないのである。だから、厚労省が、看取りのガイドラインを決めた時も、慎重に慎重を重ねた。という事で、私が大上段に構えて、「看取りとは何ぞや」という事から論を進めるのは荷が重過ぎる。

そこで、まずはみゆきの丘で私たちが行っている看取り介護の凡そを語る事から、看取りについての話を始めたいと思う。本来は、人生の最終段階をどのような形で迎えたいかという入所者本人の意向がまずあって、それに寄り添う形で、私たちがお世話をするという事が基本であるが、私たちの施設では、現時点ではそのように事は進んではいない。入所される時に、ご本人の終末医療に関する意志確認を行っている介護施設もあるが、そのようなシステムは、まだ我が国ではそれほど広がっておらず、みゆきの丘でもまだ行っていない。

私がみゆきの丘で経験した典型的な看取り介護は、「誰それさんがご飯を食べなくなってきた」という報告が、介護の現場から上がってきた事がきっかけとなって始まる。まず、介護福祉士・ケアマネージャー・リハビリスタッフ・看護師・医師（私）などが一堂に会して、摂食障害の状況分析を行う。摂食障害は一時的なものでないのか、そうでないとすれば、飲み込む力はどうなっているのか専門家にチェックしてもらい、一方では、向精神薬の投与などによって、食欲の低下が起こっているのではないか等検討する。

そうした検討の過程を機会あるごとにご家族に説明していく。本来ならば、対応する入所者のあらかじめ決定されている意志に従って粛々と事を進めていく事になるのだと思うが、我が国ではそのような方向の試みはまだ始まったばかりで、広まっているとは言えず、どうしてもご家族との話し合いが中心になる。そして、最終的に、現状では摂食障害を回復させる見込みがないと判断した時に、私たちは、対応する入所者の今後の介護の方向性について、ご家族との話し合いを行い、その意向に沿った介護を行っていく事になる。という事で、摂食障害に出合った時、ご本人が状況を理解し、ご自分の最終医療に対する考えを表明する能力があるなら、ご本人に意志確認をして、それ以後の方針を決めるべきなのだが、現時点でそれは出来ていない。

一方、私たちはご家族が意向を決定するのを外から急いたりはしないように留意している。何しろ、ある意味では父や母、夫や妻の命が自分たちの手に委ねられている事になる訳で、そんなに簡単に結論を出す事が出来る筈もないのである。それに、私たちは幸いにも経験した事はないが、遠く離れていた入所者の弟や妹がやってきて、「何て事を言うの。それではお兄さん（お姉さん）を殺すようなものでないの」と言ったりする話は巷に聞く話である。

私たちはまず「ご家族でよく相談してください」と申し上げる。

（二〇一八年四月）

看取り考（二）　看取りにおける医師の立ち位置

　前項からの続きの話である。入所者が回復不可能な摂食障害に陥った場合、家族に状況を説明する事になるが、説明の最も大事な部分は、それ以後の介護に関する選択肢を家族に提示する事であろう。第一の選択肢としては、特別な治療をしないで、入所者の残っている生命力に頼る事である。これが「看取り」に当たる。第二の選択肢としては、人工的に管を通して栄養を補給する事になる（経管栄養）。胃に穴を空けて直接胃に栄養物を注入する場合（胃瘻）と、胃まで到達する管を鼻腔から入れて、鼻腔から栄養物を注入する場合（経鼻経管栄養）がある。

　もちろん、最終的には、家族が相談して決める事なのだが、対象となる入所者が高齢であり（凡その自分の気持ちの目安として九十歳以上を念頭に置いている）、特定の病気に罹患している訳ではなく、いわば生命の最終段階の自然の摂理としての摂食障害に陥ったのだと判断した場合は、私はまず看取りの方向を勧める事にしている。私は、大体次のような語り口で始める。「今、○○さんの命のローソクの火は消えかかっている状態だと思います。ローソクの火を吹いて、燃え上がらせようとしたりしないで、ローソクが自然に消えていくのをみんなで見守っていきませんか？」

最近、治療方針などについて複数の選択肢がある場合、医師がいずれかの選択肢を勧める事はほとんどなく、患者、あるいは患者の家族に選択してもらうと言われている。医療訴訟の問題などもあり、米国の医師の問題処理方法をなぞるようになったのだと思うが、市井の人々から、「選択を任されても、患者としては困る事が多い」という話を何回も聞かされてきた。医学知識の蓄えのない人が、種々可能性を挙げて選択を迫られてもいかんともし難い事が多いという訳である。私は臨床医の経験が無いので、大きな口を叩いてはいけないのだが、患者の立場に立って考えれば、「私個人の考えですが」と断って医師本人の考えを説明する事は、むしろ望まれる事ではないかと思うが、いかがか。

ただ、臨床医が治療方針に関する私見を説明するのと、私が高齢者に看取りを勧めるのは、かなり性質の違う行為である事に留意しなければならない。私の行為は明らかに終末期医療に関する私の意思表明であり、人間の生命に関する倫理を含んでいるのである。しかし、そうだからこそ、看取り対応が適切な医療・介護であると考えた場合には、医師は家族に自分の考え方を説明すべきではないかと私は思う。そもそも患者と医師の関係性は全人間的なものであった筈である。患者は医師に自分の命を託し、医師はそれに対し全人的に対応する事が基本であったが、社会の変遷に伴って患者と医師の関係も変化してきたのだと思う。看取りが、人間の生死に関する判断を含む医療行為であるのならば、ここは、患者・医師の関係性の基本に立ち返って、倫理をも含む全人格で医師はこれに当たっていくべきではなかろうかと思うのである。

正確な数は覚えていないが、私は少なくとも三十例以上の摂食不良に陥った高齢者の家族に看取りを勧めてきたが、全例において看取りによって生命を全うされている。しかし、今、振り返ってみると、「本当にこれで良かったのかなあ」という疑念も残っている。というのは、看取りで命を全うされた九十歳を超えたご本人が、摂食不良になった時に、胃瘻造設を本当に望んでいなかったのか、確証は得られていないのである。現在の医療は患者本人の意思を尊重する事が基本であるが、前項で書いたように、「みゆきの丘」では、入所時に、入所者本人の生命維持医療に関する意思を伺ってはこなかったので、ここまで書いてきた話は、全部本人抜きの家族との話である。失礼な話になるが、家族の中には、自分の利に寄りすがって、判断をする人がいないとは限らない。そのような事はないとの想定に基づいた看取りの勧めに危うさが残っている事を認めた上で、現状ではなかなか難しい課題ではあるが、真に当事者本人に利する事を確証できるような看取りの方向性を模索していきたい。

（二〇一八年六月）

看取り考（三）　人は生きたように死んでいくのか？

私が老健施設「みゆきの丘」にお世話になって六年が過ぎた。かなりの数の方が「みゆきの丘」で亡くなっていった。容態変化を起こし、急死したごくわずかの人たちを除けば、皆さん看取り対応で亡くなっている。「人は生きたように死んでいく」と言われている。私は、亡くなっていった方々がどのような生を営んで来たかを理解できるほど、その方々と付き合っては来なかったので、その言われている事に賛否を申し上げる事は出来ないが、死にゆく様は人の生き様と同様、千差万別である。

多くの方は齢九十歳を超しており、いわばローソクの火が燃え尽きる時のように、静かに世を去るが、死にゆく様は一人一人異なっている。生きる事に執着を示した人には出会っていないが、死期に及んでなお、生命のほとばしりを見せる方にお目にかかった事はある。

他に考えられる理由がなく、いわば自然に食が細くなっていき、食事が全く出来なくなった時、経管栄養をするか、看取り対応にするかを決めなければならない。看取りになった時の医師の対応が問題になる。いわゆる「点滴」をするか否かである。看取りについての著作をお持ちの医師の多くは、点滴をしない。点滴をすると、死期に臨んでいる人たちが、かえって苦しむという。飢えや脱水はエンドルフィンの分泌を促し、精神的には安らかな死に至るという。

死期の点滴に関する科学的なデータがいかほどのものかは私には分からないが、ほとんどの家族がそれを希望する事もあり、私はこのような場合は点滴をする事にしている。もちろん家族が望んだとしても、患者の害になる事を医師はしてはならないと思うが、一般的に点滴が害になるとは思えず、少なくとも水と電解質の補給にはなると思うからである。しかし、代謝が衰えている体に過量の水分を与えて、むくみが増したり、心臓の負担を増大させたりしてはいけないので、常識的な補液の量から見れば、かなり少量の水分補給であり、むくみが見られるような場合には、点滴は体に良くないからと家族に説明して中止する。

一人の百歳の女性が、経口摂取できなくなり、毎日わずか二五〇ccの補液を続けた。約三週間眠り続けた。と、三週間経った時、目を開けて何やら話すしぐさをした。私には分からなかったが、看護師長が、口元に耳を近づけ聞き返した。看護師長曰く「先生、この人、ご飯食べたいと言っている」。二十ccの注射器にお粥を詰めて、口元に持っていって少しずつ流し込んでやると、口を動かしてお粥を飲み込んだ。心なしか、おいしそうに見えた。目を開けたのはその時だけで、後はまた眠り込んだ。そして、一週間後に亡くなった。三週間何を想い続けて、何を夢見て生き続けたのかは知る由もないが、目を開けて「ご飯食べたい」と言い放った言葉から連想される世界は、死の直前の暗いそれでは決してなかっただろう。お釈迦様が待つ、蓮の花咲く美しい世界を、彼女は死ぬ前にもう味わっていたのかもしれない。

気の毒としか言いようのない死に方もある。末期のがんなのだが、認知症の随伴症状から入院先で点滴を抜去するなど治療に抵抗し、ありていに言えば、病院を追い出されてしまった。農繁期の農家で、看てやる家族もいない。家族に泣かれた当施設のケアマネージャーの一人が、「見ていられない」と言い、入所許可となった。私が危惧したのは、がんに伴う痛みがひどくなったらどうしようかという事であった。幸い近くに開業している内科医が緩和ケアをしており、痛みのコントロールのための往診を頼む事が出来た。家族には、そんなに長くない事を伝えた。ところが、内科医に往診をしてもらう機会も待たず、彼は当施設に入所して三日目に他界した。

認知症の人たちは、一体どこで安らかに死ぬ事が出来るというのか。

（二〇一八年八月）

老いと付き合う

最近流涎《りゅうぜん》が少なくなった。と言っても、若返って、そうなった訳ではない。言いたくなかったのだが、話を進めていく関係上、白状しなければなるまい。長年の喫煙がたたって、慢性閉塞性肺疾患（ＣＯＰＤ）に罹ってしまったのが、事の始まりである。息苦しいのである。慢性心房細動で心臓のリズムが不整であるのに加えて、ＣＯＰＤで酸素が十分に肺に入ってこないときている。下手の横好きのテニスなどでは、息切れで顔がゆがむ。診断を受けてすぐネットでＣＯＰＤの事を調べてみると、心は沈んでいった。不治の病である。酸素ボンベを背負って、最後は呼吸困難で死ぬと書いてある。呼吸困難で死ぬのは苦しくて嫌だなあと思った。私たちの老健でも、多くの人たちを看取ってきたが、呼吸困難を症状とする方には、病院に入院していただく事にしている。現場の介護士たちが、「亡くなっていく人たちが可哀想で見ていられない」と言うのである。

しかし、しかしである。読み進んでいくうちに、軽度のＣＯＰＤであれば、進行を止める事は出来ないが、その速度を抑える事は出来ると書いてある。もちろん、気管支拡張剤は必須であり、私も毎朝吸入しているが、呼吸リハビリも有効だと書かれてある。容易に行えるものから、かなりの努力を要するものまで、種々挙げられてあるが、すぐにでも出来るものとしては、口をつぼめて息を吐き出し、鼻から息を吸い込む事を繰り返す方法が目に付いた。

すぐに妙案を思いついた。前にも触れたが、十数年前に膝関節症で膝を痛め、それ以来、医学部の教え子である主治医の言いつけを守り、二日酔いの時以外は、朝一時間あまりのストレッチを行ってきた。同じ動作を十回ずつ繰り返すのが基本だが、それに連動させて、十回の動作の中六回息を吐き出し、四回息を吸い込む呼吸法を考え付いた。暇な老人はつまらない事を計算する。ストレッチの動作から計算すると、一時間余りで、一六八〇回、口をつぼめて息を吐き出し、一一二〇回、鼻から息を吸い込んでいる事になる。

これを一年近く続けてきた。その結果、頬の筋肉が強化され、流涎が少なくなったという事。もう一つ顔で変わった事がある。もともと大顔で四角い顔なのに、ますます鰓《えら》が張ってきて、自分でも人相変わったなあと思うくらいである。肝心の息切れの方は少しマシになったと思う事にしている。

何といっても、老いて生活に支障をきたすのは、もの忘れ、というよりも忘れ物である。過日、熱中小学校の用事で東京に出掛けた時の事である。最近は、これでも、勤めている老健施設「みゆきの丘」で結構忙しくしていて、職場から最寄りのかみのやま温泉駅に車で行き、駅の駐車場に車を置いて出張する事が多いのだが、その時も、その駅から午後三時に乗車する予定であった。ところが、お昼近くに、JRの乗車券を自宅に置き忘れてきた事に気付いた（そう気付いたのが、乗車間近ではなかった事を幸運と思わなければなるまい）。

仕方がないから、往復小一時間かけて自宅に乗車券を取りに戻った。乗車券を上着の胸ポケットに忍び込ませて、駅に着いた。やれやれである。と、今度はスマートフォンを、職場の机の上に忘れてきた事に気付いた。スマホは電話代わりであり、ロータリークラブの幹事との迅速な情報交換のためのLINEアプリが入っている。職場に取りに帰ろうとしたが、時間が間に合わない。えいままよ、とばかりに電車に乗った。スマホなど諦めてしまえば、どうという事はない事に気付き、後は、得意の忘却術で事は終わりである。

それにしても、挙げると切りがないが、一つ一つの症状は、まさに認知症の初期症状と言われるもので、少しずつ増加している気配を考えると、将来が暗いと想わざるを得ない。COPDのように、進行を抑制する手立ても簡単に見つかりそうもないし――。いずれにしても、自分の老いを認めて、それと付き合っていく以外に道はあるまい。

（二〇一八年十二月）

老いて益々活躍する人たちに出会う

二〇一九年の賀状にこんな事を書いてある。

「――八十歳の声を聞いて、なにか急に人生の最終章を迎えたような気持ちになっています。――ものの考え方の方向性が、未来へ向かって進むというよりも、死を想定して、そこから逆向きに進んだところに現在があるという認識に変わってきたような気がします――」

実感であった。うつという訳ではないが、さりとて、晴れる事はない。そんな気持ちで、招待を受けたニューイヤーコンサートを、妻と二人で聞きに出掛けた。作曲家中田喜直の童謡などを歌ってきた山形出身の歌手松倉とし子が主演したコンサートであった。彼女のご主人が同じロータリークラブに属しているご縁である。

息子の松倉望と一緒にウエスト・サイド物語の「トゥナイト」を熱唱し終えた時の松倉とし子の顔は輝いていた。どんなにか嬉しかった事だろう。子を持つ親としてその気持ちがよく分かった。

話はその先にもあった。後半のプログラムは、彼女と鹿島武臣との二重唱から始まった。しばらくはただ聞き惚れていた。素晴らしく歌がハーモナイズしているのである。失礼ながら、鹿島武臣という方を知らなかった。こんな時はスマホである。品の悪い観客になって、下を向いてグーグルで調べた。ボニージャックス、バリトン歌手とある。ボニージャックスといえば、我々の年代には懐かしいボーカルグループで、「ちいさい秋みつけた」などの歌があり、きれいなハーモニーを奏でた人たちという記憶はうっすらとあった。

しかし、四人でグループとして歌っていた頃と、今このソプラノ歌手と一緒に歌っている鹿島武臣の歌は違うのではないかなと感じた。彼女とコンビを組んで長いという事だったが、彼女の朗々としたソプラノの歌声に何か寄り添って歌っているような感じで、そんな事はあり得ないのだが、彼女の声を聞いた後に、それに調和する音を選んで声帯を震わせているのではとさえ感じさせた。なにせ鹿島武臣の声の音色が優しいのである。

と、歌の間に挟まれるトークの中の言葉で私は打ちのめされる事になる。彼女のトークの中で「鹿島武臣は八十五歳である」事が告げられたのである。我を忘れてウっと唸った。八十歳のロータリークラブ会長などと、少し誇らしげに言っていた自分が恥ずかしくなった。八十五歳でよくあんな声が出るものだという驚きが先に走ったが、彼の長めのトークから、八十五歳でよくもあんなに前向きに生きていられるものだという感慨がその後に残った。全ては、ものの考え方、感じ方から事は生まれてくるのだと感じさせられた。「――死を想定して、そこから逆向きに進んだところに現在がある――」などと屁理屈を宣わっている御仁には、声帯はまだ機能していても、人に寄り添う歌など歌えないのである。

この話をロータリーの新年会の挨拶で触れた。話し終わって席に戻った私に、パストガバナー（ロータリークラブの地区管理役員経験者）のお一人が、即、話を継いで言った。「小菊姐さんは九十五歳だよ」。私は「八十五歳などまだ鼻たれ小僧ですね」と、答えざるを得なかった。実は、山形に三味線の名手の小菊姐さんという名物芸妓がいて、彼女の年が九十五歳だというのである。小菊さんのお孫さんが踊りの上手な芸妓なのだが、小菊さんの三味線で踊ると、若いお孫さんには失礼な話であるが、三味線の凄さに、どうしても小菊姐さんの方に目が行ってしまうという話を聞いた事があるが、実は私にも同じ経験がある。小菊さんは酒豪である。その事について小菊さんに話を向けると、「私はこれで生きているから――」と言葉が返って来ると同時にグラスのお酒を干す。

無理なこじつけかもしれないが、鹿島武臣さんと小菊姐さんの笑い方は少し似ている。含羞を含んだ笑いとでも言おうか。お二人とも、大きな事を言わないで、コツコツと芸を磨いてきたのであろう。

（二〇一九年三月）

死にゆく道の途次で

井上荒野著『あちらにいる鬼』を読んだ。妻が読んでいたので、内容を聞いたら、著者は、若い頃、よく読んでいた井上光晴の娘で、井上光晴と瀬戸内晴美（寂聴）との恋愛沙汰が題材であるという。覗き見心半分で読み始めた。井上の妻と瀬戸内が、井上と付き合っていく様をそれぞれの立場から交互に語る章立てであり、親譲りか、さすがに読ませる。ただ、そんな事よりも、なぜかその理由はさだかでないのだが、読むにつれて、自分の若い頃の事が想い出されて、辛い事になっていった。

私が世の中の事に興味を寄せるようになったのは、小学校四年生の時である。担任の先生は、共産党員でなかったかと思っているのだが、世の中の事を小学生の私たちに熱く語った。彼から受けた影響は長く続き、大学一年の時には、私はいっぱしの左翼青年になっていた。一九六〇年、まさに安保闘争の年で、東大生の樺美智子さんは、デモの混乱の中、国会内で死んだ。

その時、私は北大教養部自治会の委員長をしていた。当時の左翼運動は、権力と戦うだけではなく、左翼内でも激しく戦っていた。お互いの人間性を否定する言葉を叩き付け合い、それだけでなく、実際に暴力をふるい合った。殺人にも繋がっていった。

そんな激烈な事には耐えられなかったと言えば聞こえはいいが、私の学生運動は、三年足らずで終わってしまった。八十歳を超えた今なお、一人で権力と対峙している当時の同輩の生き方などを目にする時、自分が当時、しっかりと運動の原理を否定してそこから離れたのではなく、いわば fade out する形でそこから逃れたという事実が、今頃になってズシリと重くのしかかってきている。

例えるのもおこがましい話ではあるが、当時左翼の前衛として崇拝されていた井上光晴が、『あちらにいる鬼』の中では、何ともおぞましい一人の男として娘に書かれている事を読んで、当時の自分のだらしない姿が、脳裏に引き寄せられたのかもしれない。

医学部専門学科に一年遅れて進学した時は、講義にはほとんど出席せずに、麻雀にうつつを抜かしていた。すでに結婚していて、六畳一間のアパートで、麻雀をやられると、妻は寝る場所がなくなり、押し入れの中で寝ていた。徹夜の麻雀が続くと、妻は居場所を失い、街に彷徨い出ていかざるを得なかった。

一九六五年、第一子の男の子が生まれ、二年おきに男子だけが五人生まれた。その間、私は何をしていたのだろうか。少なくとも、子育ての手伝いは全くしていない。大学院に入学して、実験医学の面白さに迷い込み、来る日も来る日も遅くまで大学で実験を行い、実験がうまくいったと言っては教室員と酒を飲み、うまくいかなかったと言ってはまた酒を飲んだ。

今、五十年も前の自分の精神状況を正確になぞる事は難しいのだが、大学を卒業して仕事に就いてから買った本を見てみると、当時は、学生運動をしていた頃の思索を少し引きずった形の方向性も求めていたのかもしれない。『もの食う人びと』の辺見庸、「分け入っても分け入っても青い山」と詠う種田山頭火など、一人で歩いている人間の跡を追っていたように思う。ただ、そうした頭脳の活動を動員する作業が、何らかの形で、日々の行動と関連性を持っていたのかというと、それらは全く分離されており、いくばくか残っていた思索は思索内で完結しており、世事はそれとは別のところで回っていたように思う。個人の尊厳を損なうので、ここには書けないような経験もあり、唯々、流されて、生きてきたという事になろう。

悶々と悩んだあの頃からもう四十年も経ったが、私を取り巻く世事は目まぐるしく変わっていったものの、その事を介して、自分が少しなりとも精神的に進化してきたかというと、誠に心もとないのである。言ってみれば、人に優しくする事、相手の立場に立ってものを考える事などは続いてきたかなと思う程度である。

いつ来るか分からない死の前に立って、今うつむき加減に佇んでいる。

(二〇一九年九月)

九十二歳の恩師が「全国がん教育勉強会」を始めた

恩師、小林博先生の事について語りたい。

内科の大学院に入学した私だったが、一年間、基礎医学を勉強すべく、「癌免疫研究施設」の教授に就任したばかりの小林先生の教室の門を叩いた。しかし、小林先生に命じられて実験した「癌の異物化」は、医学生時代怠け学生だった私の心を揺さぶり、気が付くと、私は基礎医学者の道を歩いていた。

小林先生が普通の学者とは違うと気が付いたのは、北大の小林先生のところから山形大学に移ってからだったと思う。小林先生はがんの免疫を専門としていたが、ある時、先生は、がんの免疫学的研究から手を引く方向に向かっていった。《「癌の異物化」は、これまでに見られた事がないくらい強いがんに対する免疫だったが、それでもネズミのがんさえも直す事が出来なかった。がんの免疫ではヒトのがんは救えないと思った》小林先生の述懐である。

確かに、そうであったに違いない。その時点では、ヒトのがんの免疫学的治療は絶望的であったであろう。しかし、しかしである。そうではあっても、学者は、営々と築いてきた自分の学問の道を捨て切れないのが常ではないだろうか。なぜなら、新しい道を見出すには、とてつもない難儀を伴うし、難儀したからといって、新しい道など見つからないかもしれないのである。「まあ仕方あるまい」、そう言って、同じ道の小路に入っていくのが常である。

だが、小林先生は違っていた。《がんから人を救うには「がんの予防」が大事である》という大局的な考えに到達し、それまで手掛けた事のない「がんの予防」の道に入っていった。そして、色々な取り組みを試みた後、ご縁から、スリランカの噛みたばこによる口腔がんの発生を予防する取り組みを始めた。しかし、スリランカの人々の日常生活と深く結び付いている噛みたばこの習慣を変える事は、いかな小林先生といえどもなかなか困難であった。

ところがである。ご著書『子どもの力で「がん予防」』の（註）に書いてあるのだが、《「大人」がダメなら急がば回れ、今度は「子ども」を説得してみてはどうかとのアイデアがふと浮かんだのである。――その子どもたちが大きくなった時は今の大人の悪い習慣に染まる事なく健康的な生活を送ってくれるに違いない――》という事で、小林先生は、スリランカの子供たちのがん予防教育を始めたのである。

私はこの話を知って絶句してしまった。失礼ながら、結構なお歳の小林先生が、スリランカの子供たちが大人になった時、この世にはいらっしゃるとは思えない。そのような未来の事を想定して、今新しい試みを始めようとしているのである。この時私は、「がんは小林先生にとって研究対象などという小さなものではなくて、小林先生が生きる事、そのものなのだ」と思った。

そして、がんの学習をしたスリランカの子供たちが、親たち、さらにコミュニティの大人たちに、がんの予防に生活習慣が大切である事について語るところまで広がっていった。そこで止まらないのが先生である。スリランカの経験を基にして、今度は我が国の子供のがん教育に本格的に取り組み始めたのである。その一つの結実がタイトルに書いた「全国がん教育勉強会」なのである。学校の先生たちはもちろんの事、医師、看護師、大学の先生、がん研究者、行政に関わっている人たち等々、まさに多種職の人たちが「がん教育」の一点に凝集した議論を繰り広げていた。

私はといえば、九十二歳にして「子どものがん教育」に全力を注ぐ恩師に敬意を表するために会に出席した。午後からの参加者全員参加のワークショップで「あなたは、これからがん教育のために何をするか」と司会者に問い詰められ、「ある児童養護施設の広報誌に連載しているエッセイに今日の勉強会の事を書く」と言った。その結果がこの原稿である。

（二〇一九年十二月）

（註）小林博著『子どもの力で「がん予防」―親を変え、地域を変えた日本人医師のスリランカでの健康増進活動―』（小学館新書、二〇一一年）

鬱々とした冬の季節

ここ裏日本の東北でも、今年の冬は雪が降らない。「裏日本」という言葉は差別的な表現に当たるそうだが、あえて裏日本と言おう。この話は、日本海側の東北地方という感じではなく、やはり裏日本という言葉がふさわしいのだ。来る日も来る日も、どんよりとした暗い空から、雪ではなく、雨が降ってくる。毎日気が晴れない。

ふと思ってみる。毎年冬はこんなに鬱々としていたのだろうか。いや、そんな事はなかった。冬が好きかと問われれば、そうではないと答えるが、冬に気分的に滅入った記憶はない。しかし、今年の冬は気分が落ち込む。もちろん老人性うつもあるには違いないのだが、それだけではないような気がする。

詮索する間もなく、降ってくるのが雪ではなく、雨である事が気分を滅入らせる理由である事に気付いた。のそのそと降る雪は、気分を奮い立たせはしないが、それはそれで風情がある。積もった真っ白な雪は、時たま晴天の時などはまぶしく、凛とした気持ちにさせてくれたりする。裏日本の冬の雪は一つの風景なのである。

だが、今年降っている冬の雨は、アスファルトの道路をただ黒く染め、のそのそと降る雪よりも、もっと寒々とした感じのする街並みを作ってしまう。雪かきもようしない輩が何を言うかと妻に叱られそうだし、豪雪地帯に育った人間として、雪を褒めたたえるような事を言うつもりもないが、やはり冬の雨は雪よりも重い気持ちにさせるというのは、偽らざる心情である。

気持ちが重いのは冬の雨のせいだけでもないらしい。何十年となく朝のベッドで、毎日小一時間のストレッチを続け、テニスで若者たちを負かす事もあるのに、駐車場から職場までの道すがら、膝折れが起こって、カクッとする事がある。「筋デブ」と自称するくらい筋肉は外から見えるほどあるのだが、触ってみると柔らかい。要するに筋肉の質が衰えてきているのである。

金曜の夜にお酒を飲む事が多く、土曜には二日酔いからの回復を目的にして、近くの温泉によく出掛ける。温泉につかる前に、まずはサウナに入るのだが、なかなか汗が出てこない。これまでは、大粒の汗が五十滴タオルに落ちてきたらサウナから出る事にしていたのだが、最近は、とても五十滴まで耐える事が出来ず、精々三十滴どまりである。水も飲まなくなった。以前は水飲みで、一日千ccも飲んだのだが、最近では精々三〇〇～四〇〇ccくらいである。要するに代謝が落ちてきたのである。

何といっても困るのは、脳機能の衰えである。固有名詞はおろか普通名詞もなかなか頭に浮かんでこない。今勤めている老健という職場では、医師は看護師さんと相対して、「カルテ」と呼ばれている書類に書き込む業務が多い。ところがである。彼女らが見ている前で漢字の書き方が出てこないのである。そこで慌てたらおしまいである事はよく知っていて、「――という漢字、どう書くんだっけ？」と尋ねる。彼女らは嬉々として手のひらにボールペンで書いて教えてくれる。ただ、負け惜しみくさいが、論理構造だけはそんなに崩れる事なく残っていると思いたい。もっとも、論理は単語の組み合わせから成り立っているのだから、単語の記憶が崩れたのなら、そもそも論理は存在し得ない事になるのだが――。

こんなゴジャゴジャ恨み節を並べる八十一歳の男がいる一方、世の中は様々で、「これから自分はまだまだ伸びていくのだ」と高らかに宣言する九十歳のジャズピアニストで、作曲家でもある秋吉敏子のような人間もいる。こんな事を言える人の顔は何とも若いのである。「歳をとっていくのは仕方ないが、それとは関係なく、私はこれからももっと輝いていく」。テレビでこの話を聞いた時、単純人間の私は、自分もそうなっていけるのではないかとつい思い、その日からかなり元気になった。鬱々とした気持ちなどと言っても高々そんなものなのである。

（二〇二〇年三月）

おわりに

進行胃がんにかかり、死ぬ前に纏めておこうと本書『えふりこぎ』の編集に取り掛かった。今、何とか出版の目途がつき、ホッとしている。がんの方は二〇二三年初頭現在、再発も認められず、生き延びた感じである。

この十五年間に書いた自分の原稿を読み返してみてまず思いつくことは、いつも感激して涙を流している事である。間違いなく、老人性感情失禁による落涙であるが、嬉しい涙を流す事のできる場に多く出合った結果であると解釈すれば、感謝、感謝である。

今、この行方の定かでない世界の中にあって、もう少し生きて、その行く末を見てみたいし、自分も、どんなに小さくともいいから、世界の流れに参画していきたいと真面目に思う。

この本の出版に際してお世話になった三人に謝意を表し、終わりにしたい。

『光の子』編集委員の黒川健一郎さんは、小生の投稿原稿の全てをインデックスから引き出してくれた。自分の投稿原稿ぐらい整理しておけばいいものを、全くしておらず、時間を労したであろう黒川さんのご尽力がなければ、この本の作成はそもそも成り立ち得なかった。時事通信出版局の坂本建一郎さんには、編集の段階で、多くの心温まるコメントを頂戴した。校正の筆の進みを滑らかにして頂いたことに深く感謝申し上げる。妻の喜美子には表紙の挿絵を頼んだ。パラグアイに滞在していた時に買い求めた南米の鳥のモビールと土人形を描いたのだという。身びいきで申し訳ないが、この本にマッチしてなかなかいいと思う。そんな事よりも、野放図な私の我が儘を六十年に渡って見守ってくれたことに感謝するのが筋かもしれない。

令和五年一月

仙道　富士郎

【著者紹介】

仙道 富士郎（せんどう・ふじろう）

1938 年、新潟県北魚沼郡橘村生まれ
北海道大学医学部卒業、医学博士。専門は免疫学。同大学医学部付属癌研究施設助手を経て、
1982 年、山形大学教授。2001 年、同大学長。
1975 年、Kiessling 博士、Herberman 博士らと同時に NK 細胞を発見。
日本免疫学会運営委員、日本癌学会評議員、日本生体防御学会会長、日本寄生虫学会理事等を歴任。
日本寄生虫学会第四五回小泉賞、第五四回河北文化賞を受賞、パラグアイアスンシオン大学栄誉勲章受章、
瑞宝重光章受章、第六十六回桂田賞受賞。

えふりこぎ

2023 年 3 月 7 日　初版発行

著　者：仙道 富士郎
発行者：花野井 道郎
発行所：株式会社時事通信出版局
発　売：株式会社時事通信社
〒 104-8178　東京都中央区銀座 5-15-8
電話 03（5565）2155　https://bookpub.jiji.com/

装幀　出口 城
組版　一企画
校正　溝口恵子
編集担当　坂本 建一郎
印刷／製本　中央精版印刷

ISBN978-4-7887-1874-6 C0095 Printed in Japan

★本書のご感想をお寄せください。宛先は mbook@book.jiji.com